EINE UNMÖGLICHE LIEBE

EINE ROMANZE ÜBER DIE VERBOTENE LIEBE

MICHELLE L.

HOT AND STEAMY ROMANCE

INHALT

Klappentext v

1. Kapitel eins 1
2. Kapitel zwei 11
3. Kapitel drei 21
4. Kapitel vier 31
5. Kapitel fünf 39
6. Kapitel sechs 47
7. Kapitel sieben 51
8. Kapitel acht 55
9. Kapitel neun 60
10. Kapitel zehn 65
11. Kapitel elf 73
12. Kapitel zwölf 78
13. Kapitel dreizehn 84
14. Kapitel vierzehn 89
15. Kapitel fünfzehn 94
16. Kapitel sechzehn 103
17. Kapitel siebzehn 110
18. Kapitel achtzehn 119
19. Kapitel neunzehn 128
20. Kapitel zwanzig 132
21. Kapitel einundzwanzig 137
22. Kapitel zweiundzwanzig 143
23. Kapitel dreiundzwanzig 147
24. Kapitel vierundzwanzig 152
25. Kapitel fünfundzwanzig 157

Veröffentlicht in Deutschland:

Von: Michelle L.

© Copyright 2021

ISBN: 978-1-64808-863-6

ALLE RECHTE VORBEHALTEN. Kein Teil dieser Publikation darf ohne der ausdrücklichen schriftlichen, datierten und unterzeichneten Genehmigung des Autors in irgendeiner Form, elektronisch oder mechanisch, einschließlich Fotokopien, Aufzeichnungen oder durch Informationsspeicherungen oder Wiederherstellungssysteme reproduziert oder übertragen werden. storage or retrieval system without express written, dated and signed permission from the author

❀ Erstellt mit Vellum

KLAPPENTEXT

Als eine Verfassungskrise dazu führt, dass der Präsident der Vereinigten Staaten zurücktritt, wird der unabhängige Kongress-Abgeordnete Orin Bennett plötzlich in das höchste Amt des Landes gehoben. Die junge Geheimdienst-Agentin Emerson "Emmy" Sati wird in die politische Welt geschleudert, als sie plötzlich die jüngste und einzige weibliche Agentin zum Schutz des ledigen Präsidenten wird.

Obwohl sie sich anstrengen, um sich professionell zu verhalten, wird schnell klar, dass Orin und Emmy sich zu einander angezogen fühlen, doch umgeben von politischen und persönlichen Feinden und mit ihrer Karriere auf dem Spiel, können sie überhaupt zusammen sein?
Während einer Woche in Camp David geben sie sich ihrer Anziehung hin und führen hinterher ihre heimliche Affäre im Weißen Haus weiter, obwohl ihnen klar ist, dass die Konsequenzen für beide desaströs sein könnten.
Liebe scheint nur ein Wunschtraum für Emmy und Orin zu sein und als Morddrohungen an den neuen Präsidenten geschickt werden, muss Emmy sich komplett professionell verhalten – ansonsten riskiert sie, Orin auf die schlimmste Weise zu verlieren.

∽

Orin

Ich habe mich freiwillig hierfür gemeldet, dafür, Präsident zu sein, aber ich habe nie wirklich geglaubt, dass ich es schaffen würde.
Ich bin ein ganz normaler Typ aus Oregon: Ex-NASA, Ex-Militär.
Dazu erzogen, meinem Land zu dienen.
Wieso treffe ich genau jetzt die schönste, sexyste Frau, die ich je gesehen habe...
Und ihr Job ist es, ihr Leben für *mich* aufs Spiel zu setzen.
Emmy Sati – Agentin Emmy Sati – verfolgt mich in meinen Träumen, wenn ich eigentlich an Atom-Codes und Handelsabkommen denken sollte.
Ich kann mich nicht von Emmy Satis wundervollen Augen oder ihrem verführerischen Körper oder der Tatsache ablenken lassen, dass mein Schwanz jedes Mal, wenn sie in meine Nähe kommt, so hart wird, dass ich schreien könnte...
Ich muss mich konzentrieren. Ich muss sie vergessen.
Egal, wie unmöglich das ist...

Emmy

Es gibt einen Mann auf der Welt, den ich niemals haben kann – und doch ist er der einzige, den ich will.
Er ist mein Chef, mein Anführer. Unser Anführer.
Der Präsident der Vereinigten Staaten von Amerika.
Ich bin nicht nur verknallt wie ein kleines Schulmädchen, doch mir ist klar, dass hieraus niemals etwas werden kann.
Außer...
Die Weise, in der er mich anschaut als wollte er bei mir sein, neben mir.
In mir.
Jedes Mal, wenn er meinen Namen ausspricht, reagiert mein Körper mit einem Brennen.

Einem Verlangen.
Ich muss ihm widerstehen. Es ist mein Job, ihm zu widerstehen.
Ich weiß nur nicht, ob ich es kann...

1
KAPITEL EINS

Drei Uhr morgens
Washington DC
Tag der Vereidigung

EMERSON SATI DREHTE sich in ihrem Bett um und stöhnte, als ihr Wecker klingelte. *Wer zum Teufel steht schon so früh auf?* Sie drehte sich auf den Rücken und versuchte, sich wachzublinzeln. Der große Tag. Vereidigung. Und in einigen Stunden würde Amerikas dritter lediger Präsident – und erst der zweite unabhängige nach George Washington – vereidigt werden und sie, Emerson Sati, Spezialagentin, würde über ihn wachen, bereit, sich für ihn zu opfern.

Sie glitt aus dem Bett in ihrer kleinen Wohnung in Georgetown und schlurfte zur Dusche. Um halb fünf würde der gewählte Präsident Orin Bennett seinen morgendlichen Lauf entlang der Washington Mall und am Weg entlang des Potomac beginnen und sie müsste neben ihm laufen. Nicht, dass ihr das etwas ausmachte – so brauchte sie sich nicht mehr um ihren täglichen Sport kümmern und konnte sich nur noch auf die Arbeit konzentrieren. Nur…wieso musste er so verdammt *früh* aufstehen?

Das heiße Wasser half und sie massierte sich das Shampoo durch die langen braunen Haare. *Ich muss mir die Haare schneiden lassen*, dachte sie, während sie sie trocknete. Sie reichten ihr mittlerweile fast bis zur Taille und sie musste sie in immer aufwändigeren Frisuren tragen, um sie ordentlich zu halten. Sie starrte ihr Spiegelbild an. Sie wusste, dass die Leute sie als schön bezeichneten, doch Emmy war das absolut egal. Sie machte ihren Job nicht, weil sie gutaussehend war. Sie war die erste weibliche Agentin zum Schutz eines Präsidenten – persönlich von ihm ausgewählt, nachdem er ihren Chef konsultiert hatte. Hätte Emmy noch ihre Familie, wären sie stolz. Zach wäre stolz gewesen.

Natürlich wäre Zach auch stolz gewesen, wenn sie einfach nur ein- und ausgeatmet hätte. Er war im Geheimdienst ihr Partner gewesen, anfangs rein professionell, doch bald bemerkte sie, dass unter der harten Schale der liebste, brillanteste Mann verborgen war, den sie je getroffen hatte. Sie hatten ihre Liebe nie in den Weg der Arbeit geraten lassen, doch es war für alle offensichtlich, wie sehr sie einander verehrten. Zach wollte, dass sie eine gute Karriere im Geheimdienst machen konnte, und hatte sich dafür kurz vor ihrer Hochzeit nach Virginia versetzen lassen, wo er den damaligen Campagnen-Manager des Kongress-Abgeordneten Bennett beschützte, Kevin McKee. Drei Tage bevor Emmy seine Frau geworden wäre, wurde Zach von einem Mann mit psychischen Problemen erschossen, der McKee für irgendein Verbrechen „bestrafen" wollte, von dem er glaubte, dass es der junge Politiker begangen hatte.

Es war als hätte er die Kugel direkt in Emmys Herz geschossen. Sie war unter Schock, zerbrochen, voller Wut. Ihr Chef Lucas, der Chef des Präsidenten-Teams, wies sie an, ein Sabbatjahr zu nehmen.

„Nimm es oder du bist raus, Emmy, und du weißt, dass das das Letzte ist, was ich für dich will." Seine Stimme war freundlich, aber fest gewesen.

Sie hatte sich natürlich gewehrt, doch ihr Bedürfnis danach, um Zach zu trauern, überwältigte sie. Sie flog nach Indien, die Heimat ihres Vaters, und verbrachte Zeit mit der Suche nach Frieden. Egal wo sie hinging, sah sie Zach: Seine dunkelblonden Haare, die in seiner Freizeit immer unordentlich waren, seine dunkelblauen Augen, die vor Freude und Liebe zu ihr funkelten.

Irgendwann kam das Leben zu ihr zurück und ihr Verlangen, zur Arbeit zurückzukehren, überwog die Trauer. Lucas hatte sie willkommen geheißen und war begeistert, dass ihre Leidenschaft für ihre Arbeit immer noch genauso intensiv war wie vor Zachs Tod.

An dem Novembertag in seinem Büro, als der Rest von Amerika noch unter Schock wegen der Amtsenthebung stand, eröffnete Lucas ihr, was ihre neue Position war.

„Natürlich können nicht die gleichen Agenten den gewählten Präsidenten Bennett beschützen, die den früheren Präsidenten Ellis beschützt haben. Das gesamte Team von Präsident Ellis wird vom FBI untersucht, also müssen wir davon ausgehen, dass sie alle kompromittiert sind." Lucas lächelte sie an. „Der gewählte Präsident Bennett hat sein Team selbst handverlesen. Du wurdest als Erste ausgewählt."

„Wurde ich?" Emmy schaute überwältigt. „Ich fühle mich geehrt."

„Aber?"

„Der gewählte Präsident ist wie groß? 1,95m?"

„In etwa."

„Und ich bin 1,67m groß. Das ist ihm klar, oder?"

Lucas grinste. „Em, du hast oft genug bewiesen, dass die Größe egal ist. Bei deiner Akte, wieso sollte Bennett deine Körpergröße interessieren?"

„Wie ist er?"

Lucas dachte nach. „Ein guter Mann. Etwas überwältigt davon, dass er es ins Oval Office geschafft hat. Ich glaube, das hatte niemand erwartet und er am allerwenigsten. Er sagte, dass er nur aus Prinzip kandidiert hatte, um einen Neuanfang außerhalb der Parteipolitik zu machen, doch ich glaube, er unterschätzt den Hunger dieses Landes nach Ehrlichkeit."

„Das kannst du laut sagen." Emmy verdrehte die Augen. „Ich

habe mein Land noch nie so hinterfragt wie in den letzten Monaten – nicht, dass das mein Verantwortungsbewusstsein in meinem Job beeinträchtigen würde", fügte sie schnell hinzu und Lucas lachte.

„Em, keine Sorge. Ich hätte dich nie als Dissidentin eingeschätzt. Noch eine Sache", sagte er und schaute ihr dabei in die Augen. „Du weißt genauso gut wie ich, dass Orin Bennett sehr loyal zu seinem Team ist und eine kleine, aber ausgewählte Gruppe von Leuten hat, denen er blind vertraut. Kevin McKee ist einer davon. Ich weiß, dass dein Privatleben nichts mit deinem Job zu tun hat, aber ich muss einfach fragen."

Emmy hatte das erwartet. „Ich habe keine negativen Gefühle oder Ressentiments gegen Mr. McKee. Er war genauso wenig schuld an Zachs Tod wie alle anderen. Der Mann, der Zach getötet hat, war krank und ich kann mir kaum vorstellen, war er durchgemacht hat."

Lucas war beeindruckt. „Du bist eine verdammt gute Agentin, Emmy. Die allerbeste."

EMMY DACHTE über die Worte ihres Chefs nach, während sie durch das vor-morgendliche Washington DC fuhr. Nein, sie würde nie von der Verpflichtung zurücktreten, die sie vor fünf Jahren eingegangen war, als sie dem Geheimdienst beigetreten war, doch wie ihre Landsleute war sie schockiert von dem Skandal, der die Ellis-Regierung zu Fall und den Kongress-Abgeordneten aus Oregon ins höchste Amt des Landes gebracht hatte.

Brookes Ellis, einst gefeiert als zukunftsorientierter, inklusiver Progressiver, hatte seine Wähler betrogen, als ans Licht kam, dass er das Amt benutzte, um seine eigenen Interessen zu fördern, und dafür Millionen von Dollar an Steuergeldern ausgegeben hatte. Und als einige seiner Leute wegen Menschenhandels verurteilt wurden, war Ellis' Ruf ruiniert, obwohl er steif behauptete, keine Verbindungen dazu zu haben.

Ellis war nicht freiwillig gegangen und wütete immer noch gegen das System und den neuen Präsidenten. Erst gestern war er in der

Today Show erschienen, um die Tatsache schlechtzureden, dass der gewählte Präsident Bennett ein Unabhängiger war, der erste seit George Washington.

Es war nicht Emmys Job, sich in die Politik einzumischen, doch sie wusste, dass viele von Ellis Wählern unzufrieden waren und einige recht offen darüber sprachen, dass sie Bennett tot sehen wollten. *Immer diese Verrückten*, dachte Emmy, als sie ihr Auto parkte.

Sie ging zum Blair House, dem traditionellen Haus des gewählten Präsidenten, in der Pennsylvania Avenue. Nachdem sie dem Sicherheitsmann ihren Ausweis gezeigt hatte – nur eine Frage des Protokolls, da sie dort gut bekannt war – ging sie hinein, um ihre Laufsachen anzuziehen.

Sie unterhielt sich mit den anderen Agenten, als der gewählte Präsident Bennett hinzukam. Er grinste sie alle an. „Bereit, Leute?" Er lächelte Emmy an. „Was sagen Sie, Agent Sati? Heute vielleicht zehn Kilometer?"

Emmy lächelte zurück. „Was auch immer Sie entscheiden, Sir."

Emmy musste zugeben, dass es nicht schlecht war, Orin Bennett beim Sport zuzuschauen. Er war groß und breit und seine Schultern und Arme muskelbepackt. Der ehemalige NASA-Astronaut und Soldat war Mitte vierzig und so durchtrainiert wie sie es noch nie gesehen hatte. Der Mann sah aus wie aus Stein gemeißelt. Wie zur Hölle konnte er immer noch ledig sein?

Emmy schimpfte sich selbst aus. Sie musste einen Job machen – sie wäre verdammt, wenn Bennett von einer Kugel getroffen würde, weil sie damit beschäftigt war, den Mann zu objektivieren. Doch das Ding war – Orin Bennett war verdammt heiß.

Nach fünfundvierzig Minuten schnellen Laufens deutete Bennett an, dass er genug hatte, und sie begleiteten ihn zurück zu Blair House. „Guter Lauf, Leute, danke." Er grinste Emmy wieder an. „Sie haben uns mal wieder in den Hintern getreten, Agent Sati."

„Das ist mein Job, Sir", schoss Emmy mit einem verschmitzten Grinsen zurück. Bennett lachte.

„Ihr habt die Frau gehört, Jungs. Benehmt euch lieber."

„Viel Glück heute, Sir", sagte Emmy plötzlich und lief dann rot an. Orin lächelte.

„Danke, Emerson." Es war das erste Mal, dass er sie bei ihrem Vornamen genannt hatte, und sie fühlte einen Stromschlag durch sich fahren. Lachfalten erschienen neben seinen olivgrünen Augen, als er lächelte. „Gleichfalls."

Ihr Kollege Duke stieß ihr den Ellbogen in die Rippen auf dem Weg zurück zu den Umkleiden. „Ich glaube, der Fast-Präsi hat ein Auge auf dich geworfen."

Emmy schaute ihn düster an. „Sag das nicht noch mal laut, Duke, bitte. Es ist schwer genug in diesem Job eine Frau zu sein, ohne dass Leute Gerüchte verbreiten."

Duke lächelte sie an. „Sorry. Es stimmt aber. Okay, okay, tut mir leid", fügte er schnell hinzu, als sie eine fest geballte Faust anhob und damit auf seine Nase zielte.

Emmy konnte Duke keinen wirklichen Vorwurf wegen dem machen, was er gesagt hatte. Orin Bennett war betont freundlich zu ihr gewesen, seit sie zu seinem Team gehörte, und anfangs schien es als täte er das wegen ihres Geschlechts und jungen Alters. Aber ja, nach einer Weile hatte sie auch begonnen zu denken, dass da mehr sein könnte, was schmeichelhaft war...aber komplett unrealistisch. Tatsächlich war ihr Job zwar, nah bei ihm zu sein und sich möglicherweise für ihn zu opfern, doch kein anderer Mann auf dem Planeten war weiter von ihr entfernt.

SIEBEN STUNDEN später wurde Bennett in sein Amt eingeschworen, während Emmys Augen unerlässlich durch die Menge fuhren, um nach Gefahren Ausschau zu halten. Wie jeder andere Amerikaner, der keine Lust mehr auf die Korruption und mangelnde Menschlichkeit der vorherigen Regierung hatte, fühlte sie sich stolz. Bald schon würde Orin Bennett seinen Kritikern gegenüberstehen – und es gab bereits viele von ihnen – doch heute stand er stolz da. Seine Ansprache würde vielleicht nicht in die Geschichte eingehen wie die von Kennedy oder Obama, doch sie handelte von einem neuen Morgen über Amerika, einem voller Hoffnung und Gemeinschaft.

In dem Moment wusste Emerson Sati, dass sie einen der Guten beschützte, und es ließ ihre Brust vor Stolz schwellen.

Orin Bennett, der neue Präsident der Vereinigten Staaten, stand hinter seinem Schreibtisch und schaute sein kleines Team vertrauter Berater an.

Charlie Hope – sein alter Freund aus der NASA, nun sein Berater für nationale Sicherheit.

Moxie Chatelaine – Hitzkopf aus New Orleans, die seine Präsidentschaftskampagne geleitet hatte. Die stolze Afroamerikanerin war jetzt seine Personalchefin.

Peyton Hunt – die ihre Karriere als Comedy-Schreiberin für eine beliebte Sendung in den Achtzigern begonnen hatte, bevor sie in die Politik wechselte. Amerikas erste weibliche Vizepräsidentin.

KevinMcKee und Issa Graham – sein Kommunikationsdirektor und Pressesekretär jeweils.

Das waren die fünf Leute, die jeden Meter des Wegs mit ihm erkämpft hatten, um ihn, den albernen alten Orin Bennett, Space Cowboy und Ex-Soldat – zum verdammten *Präsidenten* zu machen. Nun grinste er sie an.

„Entspannt euch, Leute. Ich habe nur eine Frage... was zum Teufel ist gerade passiert?"

Er grinste breit und setzte sich hin, als sie in erleichtertes Lachen ausbrachen. Orin legte die Hände flach auf den Tisch. „Könnt ihr es glauben, dass sie mir die Verantwortung für dieses ganze Ding überlassen haben?"

„Ernsthaft?" Charlie Hope schüttelte den Kopf. „Das kann nicht wahr sein. Was haben sie sich dabei gedacht?"

Orin grinste, als seine Freunde mitmachten. „Verrückt."

„Das Land ist verrückt geworden."

Orin lehnte sich lachend zurück. „Euch ist schon klar, dass ich euch dafür alle nach Lagos schicken könnte?"

„Da wäre es immerhin warm." Peyton verdrehte die Augen und setzte sich auf eins der gestreiften Sofas. „Wie warm war es heute? Minus sechs Grad?"

„Gib Roosevelt die Schuld, nicht mir. Also... was jetzt? Die Uhr tickt, unsere ersten hundert Tage sind angebrochen und ich will nicht, dass es nur darum geht, die Möbel auszusuchen und altes Personal zu ärgern. Also nicht *nur* darum, will ich sagen." Orin konnte den ganzen Pomp und das Zeremoniell nicht ganz ernst nehmen, doch er wollte auch möglichst schnell an die Arbeit gehen. Amerika hatte einen großen Skandal durchgemacht und er wollte, dass der Heilungsprozess begann.

Während Moxie und Kevin den restlichen Plan für die Woche durchgingen, schaute Orin zu der kleinen, dunkelhaarigen Frau herüber, die still in der Ecke des Raums stand.

Agentin Emerson Sati. Die schönste Frau, die er je gesehen hatte. Als ihr Chef zu ihm gekommen war, um mit ihm über seinen Schutz zu sprechen, hatte Lucas Harper sich dafür ausgesprochen, Emerson im Team zu haben, und ausgezeichnet über ihre Karriere und Arbeitsethik gesprochen.

Orin hatte schlicht keinen Grund, um sie abzulehnen. Schließlich wollte er ein diverses, offenes Team mit Männern und Frauen. Er hatte zugestimmt und ein paar Tage später brachte Lucas Emerson zu ihm, damit sie den gewählten Präsidenten kennen lernte. Sobald sie den Raum betreten hatte, wusste Orin, dass er einen Fehler begangen hatte.

Auf keinen Fall würde er diese Frau ihr Leben für ihn aufs Spiel setzen lassen. Ihre karamellfarbene Haut hob sich sanft von dem tief dunkelbraunen Haar ab, das in einen effizienten Knoten an ihrem Hinterkopf zusammengefasst war, und sie hatte die tiefsten braunen Augen, die er je gesehen hatte. Hinzukam der Mund wie eine Rosenblüte und ein Körper, der gleichzeitig sinnlich und athletisch war. Orin war verloren. Er wusste, dass niemals etwas zwischen ihnen geschehen konnte, vor allem jetzt, da er Präsident war, aber Gott, wenn er sie zuvor getroffen hätte...

Woran denkst du nur, du Idiot? Du bist der Präsident der Vereinigten

Staaten, nicht ein verknallter kleiner Schuljunge... aber die Tatsache, dass sie zusammen Zeit verbrachten, vor allem auf ihren frühmorgendlichen Läufen, half nicht gerade.

Er zwang sich, sich wieder auf den Raum zu konzentrieren. Moxie sprach über die ersten Hürden ihrer Administration.

„Natürlich wollen alle wissen... wirst du Präsident Ellis begnadigen?"

Orin seufzte. „Ich habe noch keine Entscheidung getroffen. Ich habe das Gefühl, noch nicht genügend Informationen darüber zu haben, was er wusste und was nicht."

Kevin McKee, ein blauäugiger, dunkelhaariger Princeton-Absolvent, grunzte. „Er wusste alles, Orin... Entschuldigung, Mr. President. Brookes Ellis war schon korrupt, bevor er überhaupt gewählt wurde."

„Naja, *wir* wissen das, aber die amerikanische Öffentlichkeit wird Beweise verlangen." Orin lehnte sich vor. „Wer ist dieser Typ, der Pit Bull, der immer alle Gefahren beseitigt hat – Ellis' Schadensbegrenzer?"

„Martin Karlsson?" Charlie Hope schaute zweifelnd. „Schlange."

„Da stimme ich dir zu, aber nützlich. Wir müssen ihn hierher bringen und ihn glauben lassen, dass wir über eine Begnadigung nachdenken. Vielleicht sagt er etwas."

„Er könnte sich weigern zu kommen. Er hat einige ziemlich hetzerische Kommentare über dich in der Presse gemacht."

Orin zuckte mit den Schultern. „Ich will, dass eine unserer Grundregeln ist, nicht auf solche Attacken zu reagieren. Das Land kommt zuerst, es muss immer unsere erste Priorität sein. Zu viele Menschen leben an der Armutsgrenze oder brauchen medizinische Hilfe, als dass wir Zeit mit solchen Kleinigkeiten verschwenden könnten, okay?"

Die Anderen murmelten zustimmend. „Apropos Kleinigkeiten", sagte Issa Graham, der Presssekretär, mit einem Grinsen, „Das Magazin InStyle will wissen, was du heute Abend zum Ball anziehst."

Orin verdrehte die Augen. „Pumps und einen Mini-Rock", grinste er, „und ein bauchfreies Top." Er schielte zu Emerson Sati herüber, während die anderen lachten, und war glücklich zu sehen, dass ihre Lippen zuckten.

„Könnt ihr euch die Reaktion vorstellen?"

Orin grunzte. „Nach dem letzten Präsidenten ist alles okay, Issa. Also, was steht als Nächstes an?"

2
KAPITEL ZWEI

Duke pfiff Emmy zu, als sie an ihm in ihrem dunkelroten Kleid vorbeiging, das sich an ihre Kurven schmiegte. Ihr kastanienbraunes Haar trug sie ausnahmsweise offen und es lag ihr über einer Schulter. Sie trug sogar Makeup – nicht viel, aber genügend, um ihre natürliche Schönheit zur Geltung zu bringen. Sie schoss ihm einen Blick zu und er grinste. „Sorry, ich weiß, dass das nicht angebracht ist, aber *Mensch*, du siehst umwerfend aus."

Emmy lief trotz ihrer Missbilligung rot an. „Danke. Du willst nicht wissen, wo meine Waffe ist." Sie bereute ihre Worte, sobald sie ihren Mund verlassen hatte, als Duke breit zu grinsen begann. „Halt die Klappe, Dukey", sagte sie lächelnd und den Kopf schüttelnd.

„Ich halte die Klappe."

Sie gingen durch den West Wing in Richtung des Oval Office.

„Hat Lucas gesagt, um wie viel Uhr der Präsident fertig ist?"

„Sollte bald soweit sein. Bereit zum Tanzen?"

Emmy verdrehte die Augen. „Klar, das werden wir natürlich die ganze Zeit tun."

„Du in diesem Kleid? Jeder, der nicht weiß, dass du zum Team des Präsidenten gehörst, wird einen Tanz mit dir wollen. Warte, ich habe das Ding noch nicht einmal von hinten gesehen." Duke begutachtete das rückenfreie Kleid.

Emmy seufzte. „Ja, das habe ich auch nicht, als ich es von der Stange genommen habe. Denkst du, dass es unangemessen ist?"

Duke schüttelte den Kopf. „Absolut nicht, aber jetzt will ich *wirklich* wissen, wo deine Waffe ist."

Emmy grinste. Dukes spielerisches Flirten machte ihr nichts aus. Er war einer von Zachs besten Freunden im Geheimdienst gewesen und verheiratet mit Emmys bester Freundin, Alice, auch einer Agentin. Ihre witzige, neckische Freundschaft bedeutete nicht, dass sie nicht beide ihr Leben für den Anderen geben würden. Sie waren wie eine Familie.

Sie trafen Lucas im Vorraum des Oval Office. Jessica, die Sekretärin des Präsidenten, eine energische Frau um die sechzig, nickte zustimmend, als sie Emmys Outfit sah. „Schön. Gut Sie endlich mal wie eine Frau gekleidet zu sehen."

Emily lächelte sie an. Jessica Fields war legendär in Bennetts Kreisen, seine Mentorin, als er ein junger Kongressabgeordneter war, und nun seine Hilfe, wenn er ein kritisches Auge brauchte. „Sie können hineingehen."

Duke ging voran und Emmy hörte Orin Bennett mit seiner Kohorte sprechen. Als sie den Raum betrat, schaute er zu ihr herüber und seine Stimme versagte. Er betrachtete sie einen langen Moment, dann schaute er nach unten und fuhr fort mit dem, was er gerade gesagt hatte. Emmy spürte das Brennen in ihrem Gesicht, sagte jedoch nichts und nahm einfach ihre übliche Position an der Wand ein.

Moxie Chatelaine grinste sie an und mit einem kleinen Nicken deutete sie auf ihr Kleid und sagte tonlos *Wow*. Moxie selbst sah unglaublich aus. Ihre langen Dreadlocks waren elegant auf ihrem Kopf aufgetürmt und sie trug ein goldenes Kleid, das auf ihrer dunklen Haut schimmerte. Emmy nickte und lächelte, dann hielt sie ihren Gesichtsausdruck neutral, während sie die gutaussehenden Männer und umwerfenden Frauen im Raum betrachtete, die bereit waren, diesen unglaublich unwahrscheinlichen Wahlsieg zu feiern.

Orin trug einen grauen Anzug, der von einem der besten italienischen Designer maßgeschneidert war. Emmy hatte vielleicht nicht das Geld, um das Designer-Kleid zu kaufen, was sie trug – glücklicherweise hatte es der Geheimdienst bezahlt – doch sie erkannte Qualität, wenn sie sie sah.

Es war jedoch nicht der Anzug, der Orin Bennett so... *verheerend* aussehen ließ. Viel war in der Presse über das unglaublich gute Aussehen des ledigen Präsidenten geschrieben worden – die weniger seriöse Presse spekulierte ständig, mit wem er gerade schlief.

Emmy wusste, dass er einige Jahre zuvor in einer Langzeitbeziehung mit einer Frau gewesen war, aber ja, momentan war er single. Die Presse wusste nicht, was sie mit seiner Ablehnung davon, sein Liebesleben mit ihr zu besprechen, anfangen sollte und akzeptierte sein ewiges „Ich will mich darauf konzentrieren, dieses Land zu heilen" nicht.

Es gab fünf offizielle Bälle zur Feier des neuen Präsidenten. Bennett hatte darauf bestanden, dass er höchstens fünf wollte und die Eintrittskarten günstig genug waren, damit auch Mitglieder wohltätiger Organisationen teilnehmen konnten. Das war bei den zwei großen Parteien nicht gut angekommen, die so schnell wie möglich mit ihrer Lobby-Arbeit beginnen wollten.

Seine Begleitung war seine verwitwete Vize-Präsidentin, Peyton Hunt. Ihre Freundschaft erleichterte es ihnen, den Abend zu genießen, doch die Maßnahme half auch, Gerüchte über ihre Abendbegleitung im Keim zu ersticken. Natürlich hielt es die Leute nicht davon ab, über die beiden als Paar zu sprechen, aber sie hatten entschieden, dass dies das geringere Übel war. Ihre jahrzehntelange Freundschaft seit der Universität war weithin bekannt und Peytons verstorbener Ehemann, Joseph, war ein guter Freund von Bennett gewesen.

Emmy würde alle Bälle als Teil des Teams des Präsidenten besuchen – es war nicht erwartet, dass der Präsident sich besonders lang dort aufhalten würde, nur lang genug, um sich bei seinen Kampagnen-Helfern und Unterstützern zu bedanken und mit der Politiker-Welt des Hügels zu netzwerken. Essen und Trinken wurden massenhaft bereitgestellt, doch Emmy wusste, dass der Präsident es nicht genießen können würde.

Das galt auch für sie und den Rest des Sicherheitsteams, sodass ihr Magen knurrte. Emmy verbat sich nie kulinarische Genüsse. Tatsächlich war sie beim Geheimdienst für ihren riesigen Appetit bekannt. Oft hatte sie Zach zu Hot-Dog-Wettessen herausgefordert und nie hatte er eine Chance gehabt, was er an ihr liebte.

„Es gibt nichts Schlimmeres als eine Frau, die in ihrem Essen herumstochert."

Emmy grinste bei der Erinnerung und zwang sich dann dazu, sich zu konzentrieren. Als sie die erste Veranstaltung betraten, den Jugendball im Hilton, überblickte Emmy die eingeladenen Gäste.

Wegen der Wichtigkeit dieses Tags, war ihr Chef Lucas, der Leiter des präsidentiellen Sicherheitsteams, dabei und ständig in der Nähe des Präsidenten. Emmy, Duke und die anderen Agenten waren alle auf ihren Positionen, ihre Bewegungen waren so gut einstudiert, dass sie ihnen natürlich von der Hand gingen. Mit einem Blick durch den Raum sah Emmy, wo der Präsident war, wo seine politischen Rivalen waren und wo sich die Ein- und Ausgänge befanden. Das Hotel war nach Sprengmitteln durchsucht und jeder Gast vom FBI untersucht worden. Eigentlich war es ein Routine-Job und trotzdem waren sie alle angespannt. Ein unabhängiger Präsident hatte viele Feinde, vor allem aus der vorherigen Administration.

Emmy sah den Sicherheitsberater des ehemaligen Präsidenten Ellis, Steve Jonas – eines der wenigen Kabinettsmitglieder, die sich als unschuldig herausgestellt hatten. Sie wusste, dass Präsident Bennett hoffte, dass er bleiben und Charlie Hope helfen würde, doch bis jetzt hatte Steve Jonas sich zu nichts verpflichtet. Niemand wusste, wem er loyal war.

„Em, hörst du mich?", klang Dukes Stimme durch ihren Kopfhörer und sie zuckte leicht zusammen.

„Ja, Duke. Was ist los?"

„Ich wollte nur hören, wie die Lage ist. Nichts Besorgniserregendes bisher."

„Jonas ist hier. Nicht, dass das Grund zur Sorge ist, aber du weißt schon. Nur zur Sicherheit."

„Alles klar." Er lachte leise. „Nur noch vier weitere hiervon."

„Jau." Sie lächelte ihm kurz zu, als sie ihn auf der anderen Seite des Ballsaals entdeckte. Sie wusste, dass Duke diese Art von Überwachungsjobs langweilig fand, doch sie liebte sie. Sie liebte, die Psychologie und Körpersprache der Leute zu entziffern. Sie sah, wie der Anführer des Senats auf Präsident Bennett zukam. Robert Runcorn war ein enger Alliierter von Brookes Ellis gewesen, bis der Skandal ans Licht kam. Dann ließ er seine Beziehung zu ihm schnell fallen. Eine Schlange. Und trotzdem wollte Runcorn, dass Bennett Ellis begnadigte und hatte das auch oft genug in der Presse gesagt.

ORIN SEUFZTE IN SICH HINEIN, als er aus dem Augenwinkel Rob Runcorn auf sich zukommen sah. Orin hatte es genossen, mit den eingeladenen Gästen zu sprechen, vor allem mit einigen der jungen Leute, die ihre Gemeinschaften vorangebracht hatten und eine Inspiration für andere waren. Er wollte nicht wirklich, dass Runcorn sie mit einer weiteren passiv-aggressiven Rede über Brookes Ellis unterbrach. Orin sah wie Emerson Sati auch Runcorn beobachtete und fühlte eine Welle der Dankbarkeit. Wenn Runcorn zu aggressiv würde, wusste er, dass sie einschreiten würde.

Und verdammt, sah sie schön aus in diesem Kleid. Ihre langen, fast schwarzen Haare fielen in weichen Wellen über ihre Schultern und ihr Körper in diesem Kleid war...

„Mr. Präsident? Darf ich um einen Augenblick Ihrer Zeit bitten?" Verdammt. Er hatte die Konzentration verloren und Runcorn hatte die Chance gewittert.

„Natürlich, Rob, es ist mir ein Vergnügen", sagte Orin galant. Er schüttelte dem anderen Mann die Hand, während er ihn betrachtete. Runcorn war jung gealtert und obwohl er erst Ende Fünfzig war, sah er mindestens zehn Jahre älter aus. Zu viele gute Abendessen und Portwein, schätzte Orin, aber trotzdem entfernte er sich mit einem entschuldigenden Lächeln von der Gruppe, mit der er gesprochen hatte. „Womit kann ich Ihnen helfen, Rob?" *Als wüsste ich das nicht ganz genau.*

„Ich weiß, dass das möglicherweise nicht der angemessenste Ort ist, um mit Ihnen darüber zu sprechen, aber... Brookes Ellis."

Orin seufzte innerlich. „Rob, Sie haben Recht, das hier ist weder der Ort noch der richtige Zeitpunkt. Können wir nicht einfach den Abend genießen ohne den ehemaligen Präsidenten Ellis zu erwähnen?"

„Sie wissen, dass es das erste Thema sein wird, das wir in Ihrer Administration auf den Tisch bringen werden."

„Das weiß ich und dann werde ich bereit sein, mir anzuhören, was Sie zu sagen haben. Was *beide* Parteien zu sagen haben. Aber, Rob, ich muss Sie warnen. Ich nehme diese Anschuldigungen nicht auf die leichte Schulter. Ich werde nicht in die Untersuchungen einschreiten und wenn es auch nur einen Hinweis auf eine Verwicklung von Präsident Ellis gibt, wird er sich den Konsequenzen stellen müssen."

Runcorns Gesicht war bedeutend weniger freundlich nachdem Orin zu Ende gesprochen hatte. Er lächelte Orin humorlos zu. „Naja, wir werden abwarten müssen, wie sich diese Untersuchung entwickelt." Er schaute sich im Raum um und entdeckte Emerson, die sie beobachtete und zuhörte. Er wusste, dass sie Geheimagentin war.

„Sagen Sie mir, President Bennett, was waren Ihre Kriterien, als Sie Ihr Sicherheitsteam ausgewählt haben? Gutes Aussehen?"

Orins Lächeln verschwand. „Rob, wenn Sie etwas zu sagen haben, sagen Sie es. Mein Sicherheitsteam geht Sie nichts an, aber so viel werde ich sagen. Die Agenten wurden wegen ihrer herausragenden Qualifikationen ausgewählt. Die meisten von ihnen waren im Militär. Sagen Sie mir, Rob, haben Sie dem Vaterland gedient?" Er wusste natürlich, dass Rob Runcorn nie auch nur eine Militärbasis betreten hatte, geschweige denn an der Front gewesen war.

Bob murmelte etwas, das wie ein sarkastisches „Herzlichen Glückwunsch, Mr. President" klang und entfernte sich.

Orin schaute zu Emerson. „Hören Sie nicht auf ihn, Emmy. Er ist ein Idiot."

Emerson errötete. „Danke, Mr. President."

„Haben Sie etwas gegessen?"

Emerson schüttelte den Kopf und schaute sich im Raum um. Sie sollte eigentlich nicht mit ihm sprechen, aber sie konnte wohl kaum den Präsidenten ignorieren, wenn er mit ihr sprechen wollte.

„Nein, Sir. Nicht im Dienst." Sie lächelte ihm kurz zu, versuchte ihm jedoch zu zeigen, dass sie in Problemen wäre, wenn sie sich nicht konzentrierte.

Orin schien ihre stille Bitte zu verstehen.

„Naja, Sie machen alle eine tolle Arbeit, Agent Sati. Weiter so."

„Ja, Sir."

Er berührte ihren Arm und ging dann weiter, um mit seinen Gästen zu sprechen, und Emmy seufzte vor Erleichterung. Nach Dukes Kommentar war sie ziemlich paranoid darüber, dass ihre Kollegen denken könnten, der Präsident bevorzuge sie.

Das war pure Fantasie, sagte sie sich selbst, und sie sollte nicht über ihn fantasieren, während sie versuchte ihn zu beschützen. Außerdem kannte sie den Mann kaum. Er könnte einer dieser schmierigen Typen sein, die glaubten, alle Frauen seien sein persönlicher Besitz – nicht untypisch für Männer mit Macht. Es musste einen Grund dafür geben, dass er nie geheiratet hatte.

Emmy schob diese Gedanken beiseite und der Abend nahm seinen Lauf. Der Präsident besuchte alle offiziellen Bälle und sogar einige der inoffiziellen, wobei er einige ältere Mitglieder von Wohltätigkeitsvereinen beglückte.

Emmy sah wie Lucas sich entspannte, je mehr sie sich Mitternacht näherten. Sie wusste, dass seine Arbeitsmoral ihm manchmal starken Stress bereitete – was er nicht zeigte – doch sie hatte gelernt, ihren Chef und Mentor zu lesen. Sie lächelte ihm kurz zu, als er an ihr hinter dem Präsidenten her vorbeiging, während der endlich begann, sich zu verabschieden.

Das Team begleitete Bennett zurück zum Weißen Haus und endlich verbreitete sich Erleichterung. Bevor er in das Lincoln-Schlafzimmer ging, bedankte er sich. „Tolle Arbeit heute. Vielen Dank."

Er zwinkerte Emmy zu, die nickte und dabei ein Lächeln versteckte. „Danke, Mr. President."

„Ernsthaft, außerhalb der Öffentlichkeit könnt ihr alle gerne Orin und du sagen."

„Ja, Mr. President", schoss Emmy sofort zurück und alle lachten. Orin hielt eine Hand hoch.

„Alles klar. Gute Nacht."

„Gute Nacht, Sir, und herzlichen Glückwunsch."

So schön das Kleid auch war, war Emmy doch erleichtert, als sie es ausziehen und in ihre Leggings und Sweatshirt wechseln konnte. Sie war am Verhungern, doch bis die Nachbesprechung beendet war, hatte sie noch einen Job zu machen.

Glücklicherweise hielt Lucas sie nicht lange auf. „Ich wollte mich nur bei euch bedanken. Bei so vielen Leuten, die unglücklich über diesen Präsidenten sind, konnten wir nicht erwarten, dass der heutige Abend so glatt über die Bühne gehen würde, doch das ist geschehen. Morgen beginnen wir die richtige Arbeit, aber für heute Nacht –", er blickte auf die Uhr und lächelte, „oder den Rest des Morgens, sollte ich lieber sagen, ruht euch aus."

„Besorgt euch was zu *essen*", murmelte Duke und alle lachten. Lucas nickte.

„Das auch. Die Küche hier hat einige Reste übrig, falls jemand die möchte, aber ich schlage *Ben's Chili* vor."

„Oh ja!"

Emmy entschied nicht mitzugehen, trotz Dukes Betteln. Es war Zachs Lieblingsrestaurant gewesen und sie war seit seinem Tod nicht zurückgekehrt.

„Ist schon in Ordnung, wirklich." Sie lächelte ihn an. „Ich bin fertig. Meine Schicht beginnt morgen um sieben, also esse ich schnell ein Brot und lege mich in einem der Personalräume hin."

Sie konnten sie nicht vom Gegenteil überzeugen und gaben irgendwann auf. Emmy ging hinunter zur Küche des Weißen Hauses, ihr Magen knurrte. Sie sah nicht nur kalte Reste, sondern eine ganze Theke voller Essen – frische Salate, Fleisch, frisch gebackenes Brot. Sie nahm einen Teller und belud ihn mit Kartoffelsalat, cremiger

Pasta und einem Haufen Pastrami, dann setzte sie sich auf einen Barhocker, um zu essen.

Sie schob sich gerade eine riesige Gabel voll in den Mund, als sie seine Stimme hörte.

„Ist es so lecker wie es aussieht?"

Emmy würgte und sprang auf, sie musste ihren Mund bedecken, um zu schlucken. „Mr. President", murmelte sie.

Orin lächelte sie an. „Ganz in Ruhe, Agentin. Essen Sie in Ruhe auf."

Emmy kaute schnell und schluckte einen zu großen Bissen herunter.

„Entschuldigung, Mr. President, ich hatte nicht erwartet, jemanden hier unten zu treffen."

„Erzählen Sie es nicht weiter, aber ich bin am Verhungern", sagte er mit einem Lächeln und nahm sich einen Teller. Er betrachtete ihren. „Gute Kombination haben Sie da, Agent Sati... darf ich Sie nach Feierabend duzen?"

„Natürlich, Mr. Präsident."

Er lachte und senkte die Stimme. „Und wenn wir unter uns sind, kannst du mich Orin nennen, Emmy."

„Ich fürchte, das kann ich nicht, Mr. President. Protokoll."

Orin stand auf und tat als würde er nachdenken. „Okay und was, wenn ich dir befehle, mich Orin zu nennen?"

Emmy fühlte sich etwas beklemmt, aber auch aufgeregt. „Mr. Pres..."

„Das ist ein *Befehl*, Agentin, von deinem obersten Vorgesetzten." Er genoss es offensichtlich, sie zu ärgern.

Emmy lächelte plötzlich. „Alles, was du willst, Präsident Orin."

Er warf den Kopf zurück und lachte, dann belud er sich seinen Teller und setzte sich ihr gegenüber hin. „Was für ein Tag, was?"

„Ja, Sir."

„Emmy."

„Ja... Orin."

„Schon besser." Er schob sich eine Gabel voll Essen in den Mund und deutete auf ihren Teller. „Iss ruhig weiter."

Sie aßen einige Minuten in Stille und Emmy war sich seiner Aufmerksamkeit bewusst. Letztendlich begegnete sie seinem Blick. Seine grünen Augen waren weich.

„Ich wollte sagen, wie sehr es mir leidtat, als ich von Zach hörte. Ich kannte ihn nicht persönlich, aber Kevin McKee ist am Leben dank Zachs Opfer und ich kann sein Andenken nur ehren, indem ich sage, dass er dafür starb, einen guten Mann zu beschützen."

Emmys Hals zog sich zu. „Danke, Mr – Orin."

Er lächelte sie an und schaute ihr einen Augenblick zu lang in die Augen. Sie war beeindruckt, als sie rosafarbene Flecken auf seinen kantigen Wangenknochen erscheinen sah.

„Naja", sagte er und stand auf und deutete ihr an, dass sie sitzen bleiben solle, als sie mit ihm aufstehen wollte. „Danke für die Unterhaltung, Agent Sati. Ich sollte mein Essen lieber mitnehmen und meine Emails checken. Der große Job beginnt morgen früh."

„Ja, Sir. Und herzlichen Glückwunsch, Mr. Präsident."

„Danke, Emerson. Gute Nacht."

„Gute Nacht, Sir."

3
KAPITEL DREI

Orin bemerkte bald, dass er als Anführer der freien Welt genügend zu tun hatte, was ihn von der Fantasie, Emerson Sati ins Bett zu bekommen, ablenkte. Die Angelegenheit der Begnadigung des ehemaligen Präsidenten war die erste Frage, mit der die Journalisten ihn bei seiner ersten Presserunde als Präsident bombardierten.

„Das ist natürlich etwas, was ich in Betracht ziehen sollte, falls – und das ist ein *großes* falls – die Untersuchungen keine Straftat auf Seiten von Präsident Ellis hervorbringen. Ich will Sie aber alle davor warnen, Richter, Jury und Henker spielen zu wollen. Ich denke, uns ist allen klar, dass der Rücktritt des ehemaligen Präsidenten Bände spricht, also lassen Sie uns abwarten, bis die Untersuchungen zu Ende sind, bevor wir zu einem Schluss kommen. Ja, Kathy?"

Kathy Mills, die bekannte Journalistin der Washington Post, stand auf. Sie lächelte Orin an. „Sir, dürfen wir fragen, was Ihre persönliche Ansicht in diesem Thema ist?"

Orin lächelte. „Ich warte auf die Ergebnisse der Untersuchungen, Kathy. Ob ich glaube, dass es einen – wie soll ich sagen – Mangel an Integrität in der vorherigen Administration gab? Ja. Ich möchte jedoch wiederholen, dass Irren menschlich ist und ob es dafür irgendwelche unethischen Gründe gab, das werden wir sehen. Bis dahin werde ich keine Entscheidungen treffen. Danke, Kathy. Mark?"

Mark Woolley vom Wall Street Journal stand auf. Er schaute etwas unbehaglich drein. „Mr. Präsident, wie Sie wissen, sind Sie der erste Präsident, der unverheiratet sein Amt antritt. Es gibt natürlich Spekulationen. Können Sie bestätigen, ob Sie eine, äh, romantische Partnerin suchen?"

„Mark, Sie sehen davon peinlich berührt aus, diese Frage zu stellen."

Der Pressekorps lachte und Woolley nickte befangen. „Das bin ich, Sir, ja."

Orin grinste und schüttelte den Kopf. „Da gibt es nichts zu erzählen. Ich konzentriere mich auf das Land und die ersten hundert Tage."

NACH DER PRESSERUNDE stieß Moxie zu Orin, während er zum Oval Office zurückkehrte. „Das lief gut."

„Sie waren sanft mit mir", sagte er. „Ich kenne diese Leute. Das nächste Mal wird es wie eine Operation am offenen Herzen ohne Anästhesie. Was ist als Nächstes dran?"

„Charlie und seine Bruderschafts-Leute."

„Mox, sollte man so über die Joint Chiefs zu sprechen?", lachte Orin.

„Hey, Jessie."

Seine Sekretärin lächelte. „Kommandant Hope und seine Kollegen warten bereits, Sir."

„Danke, Jess." Er sah den Wechsel seiner Wachleute und schon folgte Emerson Sati ihm und Moxie ins Oval Office. Er nickte ihr zum Gruß zu und bekam ein befangenes „Guten Morgen, Sir" zurück. *Herr im Himmel.* Sie war so schön. Er zwang sich dazu, sich wieder auf die bevorstehende Sitzung zu konzentrieren und bat Charlie darum, ihn kurz vorzubereiten.

. . .

EMMY VERBRACHTE die nächsten Tage damit, sich ausschließlich auf den Job zu konzentrieren, den Präsidenten zu beschützen. Sie musste über ihn fast schon wie einen Gott denken, nicht wie einen Mann, denn ansonsten würde sie an Orin den Mann denken und die Tatsache, dass er schrecklich charmant war. Sie lachte sogar über ihre kleine Verknalltheit. Das würde *niemals* passieren.

Drei Wochen nach Bennetts Vereidigung rief Lucas das Sicherheitsteam in eine Sitzung mit dem FBI.

„Wir haben die erste glaubhafte Morddrohung gegen den Präsidenten", sagte er ihnen. „Wir hatten die üblichen paar vor und nach der Vereidigung – Verrückte, die Müll in Internetforen gepostet und sich hinter ihren Tastaturen versteckt haben. Heute haben wir jedoch eine Information erhalten, dass eine kleine Gruppe von Brookes Ellis' Unterstützern Pläne ausheckt."

„Wir nehmen seine Fans ernst?", fragte Duke ungläubig und Emmy verstand wieso. Die Unterstützer des ehemaligen Präsidenten waren wütend, dass er zum Rücktritt gezwungen worden war, doch ihre Wut war höchstens hilflos. Da Präsident Bennett ein Unabhängiger war, gab es nicht die übliche Parteien-Aufruhr und durch seine Wahl konnten sie nicht viel gegen ihn sagen.

„Ja, tun wir. Wir sprechen hier über extrem rechte Fanatiker. Sie wollen keinen progressiven Kandidaten im Oval Office." Lucas zeigte einige Bilder auf seinem Bildschirm. „Ich stelle euch vor: Max Neal, Anführer der *Gerechtigkeit für Brookes Ellis* Kampagne."

Höhnisches Murmeln erklang.

„*Gerechtigkeit?*" Emmys Stimme war trocken und sarkastisch und Lucas lächelte.

„Ja, genau. Dieser junge Mann kommt aus einer Familie mit altem Geld – Geld aus Connecticut – Ellis' Heimatstaat und dreimal dürft ihr raten, wer sein Zimmernachbar im College war."

Emmy hob die Hand. „Seinem Alter nach zu urteilen, muss es Martin Karlsson gewesen sein."

„Bingo." Ein Bild von Ellis' ehemaligem Berater erschien auf dem Bildschirm. „Und wie wir alle wissen, soll Mr. Karlsson heute das Oval Office besuchen, also werden drei zusätzliche Agenten vor Ort sein. Emmy, Duke, ihr werdet im Oval Office sein. Jake, Mike, ihr befindet euch davor. Ich möchte, dass ihr auf seine Sprache achtet, seine Haltung betrachtet und euch alles merkt, was euch komisch vorkommt. Wenn er ankommt, Duke, möchte ich, dass du ihn von Eingang aus begleitest, und wenn er geht, Emmy, bringst du ihn zurück. Er verbringt keine *Sekunde* im Weißen Haus ohne Begleitung, ist das klar? Selbst wenn das bedeutet, ihn zur Toilette zu begleiten. Das wird ihm nicht gefallen, aber das ist egal."

„Sir?"

„Ja, Em?"

„Ist dem Präsidenten unsere Sorge bekannt?"

„Ich werde mit ihm nach diesem Meeting sprechen."

„Glauben wir wirklich, dass er den Präsidenten im Oval Office angreifen könnte?", meldete sich Mike, einer der anderen Agenten, zu Wort.

Lukas schüttelte den Kopf. „Nein, natürlich nicht. Bei dieser Aufgabe geht es darum, zu beobachten und zuzuhören. Ich will alles wissen, was Karlsson sagt und hört, während er im Weißen Haus ist."

Nachdem das Meeting beendet war, rief er Emmy zurück. „Hey, Kindchen, komm und begleite mich."

Draußen lächelte er sie an. „Ich habe nur Gutes vom Personal des Präsidenten über dich gehört."

„Danke, Sir."

Lucas kaute auf seiner Lippe. „Ich habe auch einige Gerüchte gehört und wollte hören, ob da etwas dran ist."

Emmy sank das Herz in die Hose. Oh Gott, nein. Hatte jemand gehört, wie Duke sie geärgert hatte? Oder gesehen, wie sie nach der Vereidigung mit Orin gesprochen hatte und mehr hineininterpretiert als tatsächlich geschehen war? „Sir?"

„Es gibt ein Gerücht, dass der Präsident... Gott, wie soll ich es ausdrücken? Dass der Präsident mit der Vizepräsidentin zusammen ist."

Emmy wurde von Erleichterung überflutet. „Sir, soweit ich weiß, ist das nicht wahr. Die Vizepräsidentin trauert meines Wissens nach noch um ihren Ehemann."

„Du verstehst sicherlich, wieso ich frage. Sowohl der Präsident als auch die Vizepräsidentin mögen dich sehr, Emmy, und wenn sie eine Beziehung im Weißen Haus führen würden, bräuchten sie das Sicherheitsteam auf ihrer Seite, also..."

„Ich verstehe, Sir, aber wie gesagt, da scheint nichts zu sein."

Als Emmy zurück ins Weiße Haus fuhr, fühlte sie nichts als Erleichterung. Seit der Vereidigung war sie besorgt gewesen, was die Konsequenzen dieses privaten Moments sein könnten, den sie mit dem Präsidenten geteilt hatte. Sie hatte Angst, dass jemand sie gesehen und zum falschen Schluss gekommen sein könnte oder der Präsident es einem seiner Berater erzählt hatte. Was hatte sie sich dabei gedacht? Sie hatte so hart für diesen Job gearbeitet und so viel verloren, dass sie ihn nicht aufs Spiel setzen konnte für einen Mann, den sie niemals haben könnte. Zach hatte sein Leben gegeben, um die rechte Hand dieses Präsidenten zu schützen – wie konnte sie sein Andenken so entehren? Sie schüttelte den Kopf. *Komm klar, Sati. Alles was passiert ist, war eine kleine Neckerei, mehr nicht.*

SPÄTER, als sie mit dem Präsidenten im Oval Office wartete, waren sie einige Minuten lang allein, während Duke Martin Karlsson ins Weiße Haus eskortierte.

Orin lächelte sie an. „Agent Sati, ich wollte sagen... es tut mir leid, wenn unsere kleine Unterhaltung letztens dich in eine unangenehme Situation gebracht hat. Das war unfair und unprofessionell von mir. Es tut mir leid."

„Kein Grund sich zu entschuldigen, Mr. Präsident", sagte sie und versuchte, ihre Stimme ruhig zu halten. „Aber trotzdem danke."

Orin lächelte und öffnete den Mund, um etwas zu sagen, bevor er den Kopf schüttelte. „Du bist eine gute Agentin, Emmy. Lass dir niemals jemand etwas anderes sagen."

„Danke, Sir."

Ein Klopfen erklang an der Tür und Jessica kündigte Martin Karlsson an. Der Mann folgte ihr herein, gefolgt von Duke. Karlsson sah nicht glücklich darüber aus, dass er durch das Gebäude ‚eskortiert' worden war und schoss Duke einen unfreundlichen Blick zu. Duke behielt einen neutralen Gesichtsausdruck. Karlssons Blick legte sich auf Emmy und betrachtete ihren Körper. Emmy war daran gewöhnt und schaute unbewegt zurück. Sie wusste, dass er Ende dreißig und Single war und komplett auf seine Politik konzentriert.

Orin reichte ihm die Hand. „Mr. Karlsson, guten Morgen."

„Danke, dass Sie sich Zeit für mich genommen haben, Mr. Präsident. Das weiß ich sehr zu schätzen."

„Ich weiß Ihre Zeit zu schätzen", sagte Orin galant. „Setzen wir uns doch und sprechen."

Jessica schloss die Tür hinter sich, als sie herausging. Karlsson setzte sich auf ein Sofa und Orin setzte sich ihm gegenüber hin. Der Größenunterschied zwischen ihnen war bedeutend. Der Präsident überragte seinen Gast. Emmy hielt ihre Augen fest auf Karlsson. Er war am Eingang überprüft worden, sodass sie wusste, dass er unbewaffnet war, doch ihr Job war, absolut sicher zu gehen, dass er keine Gefahr war.

Martin Karlsson hatte hellblaue Augen, die hin und her zuckten. Hätte sie raten müssen, dann hätte Emmy darauf getippt, dass er kokste, wahrscheinlich um sich mit Energie für seinen 24-7-Job zu füllen. Der Kerl sah erschöpft aus.

„Mr. Präsident, danke, dass Sie mich hier empfangen. Wie Sie wissen, bin ich hier, um mich für die Begnadigung des ehemaligen Präsidenten Ellis auszusprechen."

„Sie kommen gleich zur Sache, was, Martin?"

Der andere Mann lächelte. „Das ist erst der Anfang, Mr. Präsident."

Emmy hörte ihrer Unterhaltung zu, die wie erwartet verlief: Karlsson sprach von seinem Anliegen, Orin hörte ihn an und gab ihm dann die gleiche Antwort, die er auch der Presse gegeben hatte. Das machte Karlsson sichtbar unzufrieden, doch er war edelmütig.

„Ich verstehe, Mr. Präsident ." Er stand auf und schüttelte dem Präsidenten die Hand. „Dies ist erst die erste von vielen Unterhaltungen, das verspreche ich."

„Ich hatte nichts anderes erwartet. Melden Sie sich einfach bei meinem Büro, Martin. Alles, was wir über die Untersuchungen mitteilen können, werden wir öffentlich machen, darauf gebe ich mein Wort."

„Das weiß ich zu schätzen, Mr. Präsident."

Emmy begleitete Karlsson zurück in die Lobby. Sie sprachen nicht, doch er nickte höflich, als er ging. Emmy musste zugeben, dass er beeindruckender war als sie zuerst gedacht hatte: begeistert von seinem Anliegen und loyal – wenn auch blind – zu Brookes Ellis.

Sie meldete das zurück zu Lucas: „Sir, ich denke nicht, dass wir uns um Karlsson Sorgen machen müssen. Ich denke, die gefährliche Person wäre verschlossener. Karlsson ist ein offenes Buch."

„Danke, Emmy. Gute Arbeit."

Nach ihrer Schicht zog sie sich um und fuhr dann zum Fitnessstudio des Geheimdiensts in Laurel und machte einige Stunden lang Sport. Sie ignorierte die bewundernden Blicke ihrer männlichen Kollegen, da sie daran bereits gewöhnt war, und verdrehte die Augen gemeinsam mit den anderen Agentinnen. Sie waren daran gewöhnt, objektiviert zu werden und waren nur froh, dass die Kollegen ihre fleischlichen Gedanken für sich behielten, wenn sie bei der Arbeit waren. Es war nervig, aber das musste sie als Frau in dem Metier aushalten.

Und wie der Rest der Frauenwelt konnte Emmy sich nicht davon abhalten, ihren kleinen, kurvigen Körper mit den schlanken, größeren Agentinnen um sie herum zu vergleichen. Egal, wie hart sie trainierte, ihr Körper blieb weich und fleischig anstatt sehnig und athletisch. Glücklicherweise ließen ihre Kurven nicht ahnen, dass sie eine super Sportlerin war – obwohl sie Laufen hasste – und Expertin in Muay Thai. Trotzdem fand selbst sie das ständige Training nervig. *Teil des Jobs, Sati*, sagte sie sich, während sie ihre Routine durchführte. Hiernach würde sie in ihre kleine Wohnung in Georgetown zurückkehren und endlich entspannen.

. . .

Zwei Stunden später saß sie mit heruntergefahrenen Fenstern in ihrem Auto, trotz der Februarkälte in DC. Die kalte, scharfe Luft weckte sie auf und sie fühlte sich energisch und bereit zu... was? Was hatte sie zu tun? Alle ihre Freunde waren im Geheimdienst und entweder in andere Teile der Welt versetzt worden, hatten Schicht oder schliefen. Nach Zachs Tod hatte sie mit dem Gedanken gespielt, sich einen Hund gegen die Einsamkeit zu kaufen, doch ihre langen Arbeitszeiten wären nicht fair für das arme Tier gewesen. Als sie die Wohnungstür öffnete und absolute Stille sie empfing, stellte sie sich trotzdem ein süßes kleines Pelzknäuel vor, das sie empfang.

„Hey, Missy Moo."

Emmy lächelte und drehte sich um, um ihre ältere Nachbarin, Marge Johnson, zu begrüßen, die ihr von ihrer Tür auf der anderen Seite des Flurs aus zuwinkte.

„Hey, Margie Moo, wie geht es dir? Tut mir leid, dass ich seit ein paar Tagen nicht mehr vorbeigekommen bin. Arbeit..."

„Natürlich, Liebes, du beschützt diesen gutaussehenden Mann. Glückspilz." Marge war Mitte neunzig und eine kecke Dame, die immer noch in der Fernsehzeitung einkreiste, was sie sehen wollte, und ihre Tage damit verbrachte, Klavier zu spielen und von ihren ‚Lieblingen' zu singen. Sie hatte auch eine ziemlich feste Coca-Cola-Gewohnheit und genoss mindestens eine kleine Glasflasche am Tag. Sie bat Emmy häufig für eine oder zwei Stunden zu sich hinüber, was Emmy gerne tat. Sie setzte sich auf die Terrasse der alten Dame und entweder unterhielten sie sich oder entspannten sich still zusammen. Marge war das Nächste, was sie zu einem Elternteil hatte, und sie liebte die alte Dame.

„Hör zu, ein Kerl war hier und wollte mit dir sprechen...naja eigentlich wollte er Zach sehen. Ich habe ihm natürlich nichts gesagt, aber ich habe seinen Namen und Telefonnummer aufgeschrieben. Missy Moo, du wirst es nicht glauben, aber er war Zach aus dem Gesicht geschnitten. Ein bisschen größer, ein bisschen zerknautschter, aber genau wie er."

Schmerz durchzuckte Emmys Herz und sie musste Marges Blick

ausweichen. Sie schaute den Zettel an. Dort stand nur sein Name – *Tim* – und seine Telefonnummer. „Hat er gesagt, wer er war?"

Marge schüttelte den Kopf. „Das hat er nicht gesagt. Hat Zach Familie? Brüder?"

„Nicht, dass ich wüsste, aber seine Familie war recht zersplittert. Seine Mutter hat die Familie früh verlassen und sein Vater hat ihn herausgeworfen, als er jung war. Vielleicht war er ein Halbbruder oder Cousin... ich weiß es nicht." Emmy kaute auf ihrer Lippe. „Und du hast ihm nicht gesagt, dass Zach tot ist?"

Marge schüttelte den Kopf. „Ich fand nicht, dass mir das zustand, mein liebes Mädchen. Hatte ich recht?"

Emmy umarmte sie. „Danke, Marge, das hast du genau richtig getan. Ich werde diesen Kerl anrufen und herausfinden, was er wollte."

„Willst du auf eine *Coke* hereinkommen?"

Emmy lächelte, schüttelte jedoch den Kopf. „Nein, ich habe etwas zu erledigen, aber danke, Moo."

„Alles klar, du weißt, wo du mich finden kannst."

Als Marge sich umdrehte, um in ihre Wohnung zurückzukehren, rief Emmy ihr hinterher: „Ich habe darüber nachgedacht, mir einen Hund anzuschaffen, Moo."

„Das ist eine wunderbare Idee", strahlte Marge. „Ich könnte mich um ihn kümmern, während du bei der Arbeit bist."

„Sicher?"

„Natürlich! Ich hatte mein ganzes Leben lang Hunde bis vor wenigen Jahren. Meine Eva sagt mir, dass ich zu alt bin, aber was weiß die schon?"

Emmy grinste ihrer Freundin zu. „Dann solltest du mit mir mitkommen, wenn wir ihn oder sie im Tierheim aussuchen."

„Sag mir Bescheid, Moo, und ich bin dabei."

Als Emmy ihre Wohnung betrat, fühlte sie sich glücklich. Sie würde einen Hund bekommen und mit Marges Hilfe vielleicht sogar ein bisschen der Einsamkeit loswerden. Sie warf ihre Arbeitskleidung in die Waschmaschine und zog die Bettwäsche ab. Hausarbeit beruhigte sie, gab ihr Zeit zum Nachdenken und so putzte sie ihre ganze Wohnung. Als sie fertig war, duschte sie sich und stellte dann einen Topf mit Wasser auf den Herd, um Pasta zu machen. Sie gab etwas frischen Lachs in den Dampfgarer und während er garte, spielte sie mit dem Gedanken, ‚Tim' anzurufen. Irgendetwas hielt sie jedoch zurück. Wollte sie sich wirklich damit auseinandersetzen? In letzter Zeit hatte sie sich gefühlt als käme sie endlich voran in ihrem Leben. Obwohl sie nie über den Schmerz über Zachs Tod hinwegkommen würde, war er zu einem dumpfen Pochen abgeflaut anstatt der quälenden Agonie.

Sie steckte den Namen und Nummer hinter einen Magneten am Kühlschrank und vertrieb ihn aus ihrem Kopf. Als ihr Essen fertig war, stellte sie den Fernseher an. Mehr Nachrichten über ihren Boss. Allein zu Hause konnte Emmy Orin Bennet anschauen. Als die neusten Nachrichten zusammen mit alten Aufnahmen von ihm als Kongress-Abgeordneten und Bildern der Vereidigung gezeigt wurden, konnte sie den Mann anstatt des Präsidenten sehen. Bilder von einem der Bälle wurden gezeigt und sie wurde rot, als sie sah, dass der Präsident sie betrachtete, während er mit einigen seiner Gäste sprach. *Bitte, Gott, lass Lucas das nicht sehen.* Wenn ihr Chef glaubte, dass sich zwischen Emmy und Bennet eine Anziehung aufbaute, würde sie in ein Dorf Büro in Nebraska verschifft werden, bevor sie „verknallt" sagen konnte.

Und doch, als sie an dem Abend schlafen ging, träumte sie davon, ihren nackten Körper gegen die feste Brust des Präsidenten zu drücken, seine Arme um sich zu spüren und seine Lippen gegen die ihren.

4

KAPITEL VIER

Lucas dankte Jessica, als sie ihm sagte, dass der Präsident bereit sei, ihn zu empfangen, und klopfte an die Tür des Oval Office.

„Herein, Lucas. Sie brauchen nicht anzuklopfen." Orin Bennett deutete ihm an, er Präsident sich setzen. „Moxie meinte, Sie hätten Neuigkeiten?"

„Ja, Mr. Präsident. Ich fürchte, dass ich keine guten Nachrichten habe. Die extrem rechte Gruppe, die von Max Neal angeführt wurde, ist in mehrere Gruppen zersplittert und unsere Informanten sagen, sie planen... etwas. Terrorismus, ein Attentat auf Ihr Leben – momentan hören wir unterschiedliche Berichte. Wir werden heute mehr Details herausfinden, aber ich muss Sie folgendes fragen: Haben Sie immer noch vor, dieses Wochenende zum Camp Davis zu fahren?"

„Ja, habe ich. Der Direktor des FBI kommt mit und wir überprüfen die Hinweise, die sie über den ehemaligen Präsidenten Ellis gesammelt haben." Orin seufzte. „Schauen Sie, mir sind die Morddrohungen recht egal – sie kommen aus dem Inland. Aber ich will, dass jede mögliche Gefahr für die Öffentlichkeit untersucht und gebannt wird. Jede einzelne, Lucas. Wir müssen diese Situation so schnell wie möglich unter Kontrolle bekommen."

„Natürlich, Mr. Präsident, aber darf ich Sie um etwas bitten? Blasen Sie Camp David ab. Halten Sie die Sitzungen hier ab. Es ist bereits bekannt geworden, dass Sie nach Camp David fahren und –"

„Und das gesamte Camp wurde bereits durchkämmt und abgeschottet. Lucas, ich weiß Ihre Besorgnis zu schätzen und vertraue Ihrem Urteil, aber wir fahren nach Camp David."

Später zog Orin sich in sein privates Arbeitszimmer zurück und ließ sich auf das Sofa fallen, ein Stapel Papiere lag vor ihm auf dem Beistelltisch. Lucas' Warnungen ließen ihn nicht los, weniger wegen der Gefahr für ihn, sondern weil er es nicht aushielt, dass seine Feinde unschuldige Menschen ins Visier nahmen. Das Letzte, was Amerika brauchte, war ein weiterer terroristischer Anschlag, Massenschießerei oder Bombenanschlag.

Orin kannte sich mit Desastern aus. Er und Charlie waren zuständig gewesen, als die Columbia-Rakete beim Wiedereintritt in die Erd-Atmosphäre explodierte. Er erinnerte sich an den hoffnungslosen Anruf des CAPCOM, der mehrfach um eine Antwort der Crew bat und doch wusste, dass diese niemals kommen würde.

Columbia, Houston, check. Columbia, Houston, check.

Die Ungläubigkeit. Die Tränen des Flugdirektors, dann der effiziente, gefühlsbetäubte Sicherheitsablauf, von dem alle NASA-Mitarbeiter immer gehofft hatten, ihn niemals zu brauchen. Es war schrecklich gewesen.

Danach verließ Orin das Raumfahrtprogramm und Charlie folgte ihm drei Jahre später. Charlie diente zwei weitere Male in Afghanistan, dann hörte er auf, um seine Jugendliebe, Lynn, zu heiraten.

Orin war fest entschlossen, sich nie wieder so hilflos zu fühlen wie in dem Moment, als er dem Tod der Columbia-Crew zugeschaut hatte, und so begann er mit der Politik. Vom Bürgermeister von Portland ging er in den Kongress über als Abgeordneter von Oregon, immer als Unabhängiger. Die amerikanische Öffentlichkeit hatte keine Lust mehr auf die zwei-Parteien-Spaltung und Orin war bald der politische Liebling in Washington DC. Die Medien waren überrascht, denn sie hatten den Hunger nach Ehrlichkeit des Landes unterschätzt.

Die Amtsenthebung von Brookes Ellis verstärkte diesen Hunger weiter. Orin wurde mit großer Mehrheit gewählt und nun wartete das Land auf einen neuen Frühling.

Orin liebte sein Land und sich für es einzusetzen. Er war bereit, das Amt des Präsidenten anzunehmen, auch wenn er es manchmal kaum fassen konnte.

Und doch... manchmal nagte die Einsamkeit an ihm. Seine letzte Beziehung mit einer Menschenrechts-Anwältin, Sophie, war vier Jahre zuvor in die Brüche gegangen.

„Ich liebe dich", hatte Sophie gesagt, „aber ich kann nicht dein Trostpreis sein, Orin. Du musst deinem Land dienen und das lässt keine Zeit für mich übrig. Das war es."

Sie waren freundschaftlich auseinandergegangen und sogar ein paarmal danach miteinander im Bett gelandet, doch nun war Sopie mit einem reichen Manhattaner Anwalt verheiratet und erwartete ein Kind.

Orin nahm einige Memos auf seinem Tisch in Angriff und nahm dann seine Brille ab, um sich den Nasenrücken zu reiben. Ab und zu würde er gerne mit einer Partnerin reden, jemandem mit einer besonderen Verbindung, die über Arbeit oder gemeinsame Vergangenheit hinausging. Jemand Neues. Seine Gedanken wanderten wieder zu Emerson Sati, er lachte leise und schüttelte den Kopf. Er konnte sich kaum die Probleme vorstellen, die er damit schaffen würde, wenn er etwas mit jemandem seines Sicherheitspersonals anfing... die Presse hätte einen Festschmaus.

Strategisch wie immer verbrachte er einen amüsanten Moment damit, sich auszumalen, wie sie es hinbekommen könnten. Sie bräuchten einen Eingeweihten...

„Immer mit der Ruhe, Cowboy." Er hatte keine Ahnung, ob Emmy ihn überhaupt auf diese Art mochte. Selbst als sie diesen

Moment in der Küche des Weißen Hauses geteilt und etwas geflirtet hatten, war er sich nicht sicher gewesen, ob sie sich lustig machte oder mehr dahintersteckte.

Außerdem hatte die arme ihren Verlobten auf die schlimmste Weise verloren. Und er würde sich bremsen, bevor er ihre Karriere versaute. *Nein.* Emerson Sati war verbotenes Territorium.

Orin stand auf und ging wieder hinunter in die Küche, wobei er sich einredete, dass er nur auf der Suche nach einem Mitternachtssnack war, doch als er die Küche betrat, war sie verlassen. Als er das Klickern von Absätzen hörte, schoss ihm das Adrenalin in die Adern. Es ebbte jedoch schnell wieder ab, als Moxie, seine Personalchefin, den Raum betrat.

Sie grinste. „Hey, du."

„Hey, Mox."

Seine alte Uni-Freundin Moxie war die einzige Person, die ihn nach Feierabend nicht immer ‚Mr. Präsident' nannte. Sie öffnete den Gefrierschrank und nahm einen Becher Eiscreme heraus. „Den ganzen Tag habe ich in meinem Büro gesessen und hiervon geträumt." Sie nahm zwei Löffel und zeigte mit dem Kinn auf die Barhocker. „Setz dich und iss mit mir."

„Welcher Geschmack?"

„Dumme Frage. Pistazie natürlich."

Sie löffelten etwas Eiscreme und Moxie stöhnte vor Vergnügen. „Gott, das hier versetzt mich zurück in die alten Tage. Erinnerst du dich noch, wie wir uns damit vollstopften, wenn wir die ganze Nacht lang an Hausarbeiten schrieben?"

„Oh Gott, ja." Orin grinste sie an. „Das waren noch Zeiten."

„Allerdings. Wir waren die ganze Nacht lang auf, haben Eis gegessen, zusammen gekifft und sieh uns jetzt an." Moxie lachte herzhaft.

„Deine Mama hat immer gesagt, Gras sei eine Einstiegsdroge. Ich schätze, sie meinte damit den Einstieg in die Weltpolitik."

Moxie grinste und betrachtete ihn dann eingehend. „Du siehst aus als würde dich etwas beschäftigen, O. Raus damit."

Orin lächelte, zögerte jedoch. „Fühlst du dich manchmal einsam, Mox?"

„Ja, manchmal. Ich treffe mich seit ein paar Wochen ab und zu mit einem Mädel. Nichts Ernstes, aber ich mag sie. „Was ist los, O, soll ich dir ein paar Mädels besorgen?"

„Beste Wing-Woman *aller Zeiten*."

„Ich meine es ernst. Ich könnte..."

Orin verdrehte die Augen. „Gott, Mox, ich will nicht flachgelegt werden. Ich denke nur langsam, dass das Leben vielleicht mehr als nur Arbeit bieten kann."

„Hallelujah, er hat endlich zum Licht gefunden." Moxie grinste ihn an und schaute ihn dann fragend an. „Gibt es jemanden Bestimmtes?"

Er schüttelte den Kopf. „Niemand, die ich haben könnte." Er stand auf und spülte den Löffel ab, bevor er ihn mit einem Geschirrhandtuch abtrocknete. Er wollte ihn gerade wegräumen, als Moxies nächste Worte ihn erstarren ließen.

„Agent Sati?"

Orin drehte sich seiner Freundin mit angespanntem Gesichtsausdruck zu. „Ist es so offensichtlich?"

„Nur für mich, aber ich kenne dich auch schon dein halbes Leben lang. Sie ist wunderschön, Orin, und ein nettes Mädchen."

Orin nickte. „Ha, *Mädchen*. Genau. Sie ist halb so alt wie ich und meine Personenschützerin. Gibt es irgendjemanden auf Erden, den ich weniger haben könnte?"

Moxie tat als dächte sie nach. „Die Queen?"

Orin grinste und tat als fühlte er sich auf den Schlips getreten. „Denkst du, dass die Queen *das hier* ablehnen würde?" Er machte eine Bodybuilder-Pose, um sie zum Lachen zu bringen, und Moxie bedeckte sich die Augen.

„Das kann ich nie wieder ungesehen machen. Wenn du mit dem russischen Präsidenten oder dem Botschafter der Föderierten Staaten von Mikronesien sprichst, werde ich dich genau so sehen." Sie kicherte, als er eine noch peinlichere Pose machte.

„Nenn mich einfach Fabio."

Ein Räuspern hinter ihm ließ ihn aufschrecken und er sah, wie

Emmy Sati hinter ihm versuchte, ein Grinsen zu unterdrücken. „Mr. Präsident."

Moxie kicherte. „Sie haben das Schlimmste verpasst, Em. Wirklich."

Orin fühlte sich peinlich berührt und doch absurd glücklich, Emmy zu sehen. Er liebte das schüchterne Lächeln und ihre rosafarbenen Wangen. „Guten Abend, Agent. Haben sie heute Nacht die Friedhofs-Schicht?"

„Ja, Sir."

„Ich kann es Ihnen nicht vorwerfen, wenn Sie einschlafen." Oh Gott, er musste wirklich an seinem Small Talk arbeiten. Das dachte Moxie offensichtlich auch, ihrem Augenrollen nach zu urteilen. Sie sprang von ihrem Barhocker.

„Naja, ich geh mal ins Bett." Mit einem Winken war sie verschwunden und schoss Orin einen bedeutungsvollen Blick zu, den er nicht deuten konnte. Ermutete oder warnte sie ihn?

Orin sah Emmy dabei zu, wie sie in ihren Hörer sprach. „Ich bin beim Adler, check."

„Gut, Em."

„Immer wachsam." Orin lächelte zu ihr hinab. Gott, die Kurve ihrer Unterlippe. Er wünschte, er könnte mit seinem Finger an ihr entlangfahren und seine eigenen Lippen auf sie pressen. Ihm war bewusst, dass er starrte, doch er konnte nicht wegschauen. Ihre Augen waren so groß, so warm braun und umrandet von dicken schwarzen Wimpern ohne jegliches Makeup. Sein Magen zog sich zusammen.

Emmy schaute weg und er bemerkte, dass er wieder die Linie überschritten hatte. „Hey", sagte er gelöst, „kannst du mich zum Rosengarten begleiten? Ich könnte etwas frische Luft gebrauchen."

„Natürlich, Mr. Präsident."

Sie gingen durch das Weiße Haus zum Rosengarten. Draußen war es eisig, aber keiner von beiden erwähnte es. „Erzähl mir etwas über dich, Agentin Sati."

Sie zögerte. „Naja, Sir, ich überlege, mir einen Hund anzuschaffen."

„Oh, das ist spannend. Der Präsident hat normalerweise einen Hund im Weißen Haus. Vielleicht sollte ich deinem Beispiel folgen."

„Vielleicht sollten Sie das, Sir. Ich würde gerne einen aus einem Tierheim aufnehmen."

„G※UTE W※AHL." Er grübelte eine Weile lang. „Was für einen Hund sollte ich mir anschaffen, Agentin?"

Er sah, wie sie ein Grinsen verbarg. „Einen Afghanen, Sir." Sie schaute ihn von der Seite an. „Mit dem wallenden blonden Haar... könnten Sie ihn... *Fabio* nennen."

Einen Augenblick lang verstand er nicht, dass sie ihn neckte. Dann grinste er sie an. „Touché, Agentin Sati."

Er sah wie sie leicht zitterte und sofort versuchte, es zu verstecken. „Lass uns zurück hinein gehen", sagte er und legte kurz die Hand auf ihren Rücken. „Ich vergesse immer, wie kalt es ist."

„Ist das Wetter in Oregon nicht unbarmherzig, Sir?"

„Ja, kann es, aber Winter in DC? Da muss man sich erstmal dran gewöhnen, Emerson."

„Allerdings, Mr. Präsident."

„Kommst du aus der Umgebung, Agentin?"

Emmy schüttelte den Kopf. „Nein, Sir. Aus New Orleans."

„Ah, Nawlins. Oh, verzeih meinen furchtbaren Akzent." Er lächelte ihr betreten zu.

Emmy grinste. „Schon vergeben, Sir." Sie hatten den Eingang der Privatresidenz erreicht.

„Kommst du mit nach Camp David, Agentin Sati?"

Sie schüttelte den Kopf und er fühlte, wie die Enttäuschung ihn überflutete. „Nein, Sir. Duke und Greg sind für den Trip eingeteilt." Sie lächelte ihm zerknirscht zu.

„Mir wurde gesagt, ich solle meine Urlaubstage aufbrauchen, Sir. Andernfalls wäre ich dabei."

„Nein, nein. Die Pause ist verdient. Schon Pläne?" *Bitte sag nicht, dass du Zeit mit einem anderen Mann verbringen wirst...*

„Nur einen Hund zu finden, Sir."

„Na dann viel Glück damit."

Emmy lächelte. „Danke, Sir, und Ihnen eine gute Fahrt nach Camp David."

Als Orin ins Bett ging, dachte er über seine Reaktion nach. *Bitte sag nicht, dass du Zeit mit einem anderen Mann verbringen wirst...* „Wie verdammt selbstsüchtig bist du eigentlich, Mann? Sie verdient ein bisschen Glück nach allem, was sie durchgemacht hat." Orin schüttelte den Kopf über sich selbst. *Nur weil du so verdammt einsam bist...*

Nein. Er musste von Emerson Sati loskommen. Vielleicht würde er Moxie darum bitten, ihn mit einigen Frauen in Kontakt zu setzen. Nur ein paar Dates, nichts Ernstes. Kevin würde einige Leute kennen. Der galante Kommunikationsdirektor mit den charmanten blauen Augen und dem blendenden Aussehen hatte immer genügend Auswahl. Master-Studentinnen, Anwältinnen, politische Strateginnen – Kevin war spezialisiert auf strategische Dates. *Power Dating.* Orin grinste. Kevin war so selbstsicher durch sein Aussehen, seinen Hintergrund und seinen Job.

Als Orin sich die Hände wusch und sich Wasser ins Gesicht spritzte, schaute er in den Spiegel. „Und du bist der Präsident der Vereinigten Staaten", sagte er sich. Und doch fühlte er sich immer noch wie der Dorfjunge aus Oregon.

Er lag im Bett und versuchte zu schlafen, doch stattdessen dachte er an Emmys sanfte Schönheit, diese rosafarbenen Lippen, die sich zu einem Lächeln bogen oder sich zu einem Stöhnen öffneten, während er mit ihr schlief. „Verdammt", grummelte er und drehte sich um, um die Gedanken an sie aus seinem Kopf zu verbannen.

5
KAPITEL FÜNF

Emmy und Marge sahen ihn gleichzeitig. Das weiße Fell, die großen braunen Augen, das eine Ohr aufgestellt, das andere geknickt. „Oh ja", seufzte Emmy, als sie sich neben den Käfig kniete. „Er ist es."

„Er ist so schön." Marge sah aus als würde sie gleich anfangen zu weinen und die Mitarbeiterin des Tierheims schaute leicht amüsiert drein. Den Hund, ein Mischling, hätte wahrscheinlich sonst niemand als ‚schön' bezeichnet, doch er hatte etwas an sich. Die junge Frau öffnete den Käfig und der Hund kam vorsichtig heraus, schnüffelte an Emmys Hand und ließ sie ihn streicheln.

„Hey, Junge..." Emmy fühlte wie die Zuneigung in ihr aufstieg, als der kleine Hund aufsprang, um seine Pfoten auf ihre Knie zu legen und ihr Gesicht beschnüffeln zu können. „Wie heißt er?"

„Das wissen wir leider nicht. Er wurde auf der Straße gefunden, aber wir nennen ihn Major. Trotz seiner Erscheinung hat er etwas an sich, etwas..."

„Etwas Majestätisches." Emmy nickte. „Hey, Major."

Major leckte ihr Gesicht und sie kicherte. Sie nahm ihn hoch und kuschelte ihn.

Marge kraulte ihn hinter den Ohren und er hechelte fröhlich, dabei sah er fast so aus als lächelte er. „Ja, das ist dein Junge", sagte sie zu Emmy und Emmy nickte. Ihre Stimmung verbesserte sich einfach nur durch die Anwesenheit dieses süßen kleinen Tiers. Der Adoptionsprozess würde sich über einige Wochen hinziehen, doch sie wusste, dass sie die richtige Entscheidung getroffen hatte.

Als sie mit Marge nach Hause fuhr, dachte Emmy über die Unterhaltung mit dem Präsidenten nach. Sie mochte seinen Sinn für Humor. Als sie ihn dabei gesehen hatte, wie er so lächerlich posierte, um Moxie zum Lachen zu bringen, hatte sie einen Lachanfall unterdrücken müssen. *Kasper.* Der Präsident war ein Clown.

Zu Hause angekommen setzte sie sich noch eine Stunde zu Marge, bevor die alte Dame einschlief. Emmy deckte sie zu und ging dann zu ihrer eigenen Wohnung herüber. Sie schaute sich um und stellte sich Major zusammengerollt auf ihrem Sofa oder vor einem Fressnapf in der Küche vor. Sie würde ihn mit ihr auf dem Bett schlafen lassen, das war für Emmy gar keine Frage. Sie konnte es sich genau vorstellen, wie er sich auf dem Sofa an sie kuschelte, während sie las oder einen Film schaute. Sie konnte es nicht abwarten, bis er zu ihr nach Hause kam.

In der Küche nahm sie kalte Pizza aus dem Kühlschrank und bemerkte dabei die Nummer, die sie seit Tagen ignoriert hatte. *Tim. 555-6354.*

Zach hatte nie über seine Familie gesprochen, nur, dass er ihr nicht sehr nah stand. Das war noch etwas, was er und Emmy gemeinsam hatten – sie waren die Familie des anderen, zusammen mit Marge und ihren Freunden im Geheimdienst und das war genug für sie.

Sie nahm den Zettel vom Kühlschrank und zuckte zusammen, als jemand an der Tür klopfte. War Tim zurückgekommen, um es noch einmal zu versuchen, da niemand zurückgerufen hatte? Emmy bereitete sich darauf vor und ging zur Tür.

Sie entspannte sich, als sie Moxie Chatelaine draußen sah. „Hey, Mox." Die Personalchefin war bereits zuvor bei Emmy gewesen und die beiden Frauen waren außerhalb der Dienstzeiten Freundinnen geworden. Moxie war in Begleitung von zwei Kollegen von Emmy, die die vorgeschriebene Wohnungsüberprüfung durchführten, bevor Moxie und Emmy allein sein durften.

Emmy kochte einen Kaffee. „Was für eine schöne Überraschung. Ich dachte, du wärst auf dem Weg zu Camp David."

Moxie grinste sie an und bedankte sich für den Kaffee. „Oh, das bin ich, aber ich wollte nur vorbeischauen und nach dem Rechten sehen."

„Und da hättest du nicht einfach bei Lucas nachfragen können?" Emmy war überrascht und Moxie schüttelte den Kopf.

„Es ist, äh, ein etwas sensibles Thema. Also..." Moxie seufzte. „Ach, ich werde es einfach sagen. Es geht um den Präsidenten... und dich."

Emmy spürte, wie sie rot anlief, und entzog sich Moxies suchendem Blick. „Ich verstehe nicht."

„Die Röte in deinem Gesicht sagt etwas anderes. Er mag dich, Emmy."

Emmy nahm einen Schluck ihres zu heißen Kaffees und fühlte, wie er ihr die Zunge verbrannte. „Mox... ich schwöre, ich habe nichts getan, um etwas anzubahnen, ich habe gegen kein einziges Protokoll verstoßen –"

„Immer mit der Ruhe. Hier geht es nicht um POTUS, meine Rolle als Personalchefin oder deine als Agentin. Es geht um mich, Moxie, die mit zwei Menschen befreundet ist, die sich offensichtlich zueinander angezogen fühlen."

Emmy schüttelte den Kopf. „Wir sollten diese Unterhaltung nicht führen, Moxie. Bitte."

Moxie griff nach ihrer Hand. "Orin ist niemand, der sich durch alle Betten schläft. Er lässt nicht viele Menschen nah an sich heran. Er ist charmant und lustig, aber ich habe sein Gesicht selten so strahlen gesehen, wie wenn du in der Nähe bist. Und komm schon, sei ehrlich. Du magst ihn auch. Ich bin es, Em, deine Freundin, Privat in deiner Wohnung. Ich schwöre, dass nichts diese vier Wände verlässt."

„Du weißt, was es mich kosten würde, wenn das jemals ans Licht käme... und verdammt, da ist ja nichts, was ans Licht kommen könnte. Aber selbst ein Gerücht über mich und den Präsidenten würde meine Karriere zunichte machen. Ich werde in irgendein Kaff versetzt und ihn nie wiedersehen."

„Ich weiß. Ich kenne den Preis. Und ich weiß auch, was du durchgemacht hast."

Moxie war eine lange Zeit still. „Aber, Em, wenn zwei Menschen einander mögen, ist es eine ziemliche Tragödie, wenn sie es nicht zumindest versuchen."

Emmy lachte humorlos. „Jetzt weiß ich, dass du durchgedreht bist. Das kann niemals passieren, Mox. Ich bin die Sicherheitsagentin des Präsidenten. Ich kann mich nicht ins Lincoln-Schlafzimmer schleichen, während ich versuche, ihn zu beschützen."

„Es gibt immer Wege, um es hinzubekommen."

„Lucas würde mich umbringen. Zweimal."

Moxie lachte. „Weshalb du eine Eingeweihte brauchst, die dir hilft. Ich zwinge dich zu nichts, ich bin ja nicht deine Zuhälterin. Aber wieso kommst du nicht mit mir nach Camp David? Iss mit Orin zu Abend."

„*Vollkommen* durchgedreht." Emmy fühlte sich verärgert. Was wollte Moxie von ihr?

„Er ist einsam, Em. Ich habe ihm angeboten, ihm Dates zu besorgen, aber er ist nur an einer Frau interessiert."

„Das ist nicht fair, Moxie. Ich fühle mich als ob... Gott, wenn ich nein sage, werde ich dann herausgeworfen? Ist das ein präsidentieller Befehl?" Emmys Augen füllten sich mit Tränen und sie spürte Panik aufkommen.

Moxie stand auf und legte die Arme um Emmy. „Hör auf. Es tut mir leid. Ich wusste nicht, dass es dich so sehr aus der Fassung bringen würde. Wir können es natürlich vergessen. Es tut mir leid. Ich wollte nur nur... Gott, ich weiß auch nicht... zwei Menschen, die ich liebe, helfen."

„Ich bin seine Agentin, Mox. Du weißt genauso gut wie ich, dass es unmöglich ist. Er kann nirgends in der Welt hingehen ohne unter

Beobachtung zu stehen und ich muss meinen Job machen. Ich nehme diesen Job sehr, sehr ernst. Komm schon, du weißt genau, wie hart ich arbeiten musste, um die erste weibliche Sicherheitsagentin eines Präsidenten zu werden, und noch dazu die erste mit indischen Wurzeln."

Moxie setzte sich wieder. „Darf ich dich etwas fragen?"

„Was denn?"

„Magst du ihn?"

Emmy spielte an ihrer Tasse herum. „Ich habe ihn gewählt, wenn du das meinst."

Moxie verdrehte die Augen. „Em."

„Gut. Ja, er ist sehr attraktiv. Ja, ich bin immer noch ein Mensch. Aber in den Präsidenten der Vereintigten Staaten verknallt zu sein ist einfach keine Option, Mox. Können wir das Thema einfach abhaken?"

„Natürlich, Em. Hast du auch irgendeine Freizeitbeschäftigung oder arbeitest du nur?"

Emmy nickte, obwohl sie immer noch von der merkwürdigen Unterhaltung verstört war. „Ich bekomme einen Hund."

„Ach was."

„Was?"

„Ach, nichts." Moxie grinste schelmisch. „Nur, dass Orin heute davon anfing, einen Hund haben zu wollen. Zufall?"

„Ja." Doch nun grinste auch Emmy. „Hunde werden die Welt retten."

„Amen."

Moxie blieb noch ein Weilchen, dann machte sie sich auf den Weg nach Camp David. Emmy machte das Licht in ihrer Wohnung an und kuschelte sich dann aufs Sofa. Sie machte absichtlich einen lauten Action-Film an, doch er lenkte sie nicht so ab wie sie wollte.

Moxie hatte etwas in ihrem Hirn ausgelöst – die Fantasie, den Traum davon, nah bei Orin Bennett zu sein. Emmy konnte nicht verleugnen, dass sie aufgeregt gewesen war, als Mox ihr gesagt hatte, dass er sie mochte. Gott, es war genau wie in der neunten Klasse... abgesehen von Atom-Knöpfen und Geheimdienstprotokollen.

Der Gedanke daran, Zeit mit Orin zu verbringen, einfach nur als Emmy und Orin, war wie Schokolade für einen Diabetiker – befriedigend, lecker, ließ das Wasser im Mund zusammenlaufen und war absolut verboten.

Der Film begann sie zu nerven, also stellte sie den Fernseher aus, legte sich auf den Rücken und starrte die Decke an. Seit Zachs Tod hatte sie mit niemandem mehr geschlafen – war nicht einmal zu jemandem angezogen gewesen – doch sie musste zugeben, dass sie eine Hitze in sich spürte, wenn sie beim Präsidenten war, und wenn sie ehrlich war, wusste sie, dass sie sich auch zu ihm hingezogen fühlte. *Diese Chemie könnte man nicht vorspielen*, dachte sie.

Es gäbe Möglichkeiten, um es hinzubekommen...

Verdammt, Mox, wieso musstest du mir das sagen? Denn nun war alles, woran sie denken konnte, Orin Bennett zu küssen, ihre Hände unter eines seiner teuren italienischen Hemden gleiten zu lassen und ihre Finger über seine Bauchmuskeln hinuntergleiten zu lassen, bis sie seinen Schwanz unter dem Stoff seiner Hose hielt. *Verdammt.*

Sie fragte sich, wie es sich anfühlen würde, unter ihm zu liegen und in seine Augen zu schauen, während sein Schwanz in sie stieße. Emmy stöhnte und ließ die Hand zwischen ihre Beine gleiten, um ihre Klit zu reiben, während sie sich vorstellte, mit Orin Bennett zu schlafen. Sie streichelte sich zu einem sanften Orgasmus und schloss dann die Augen. Sie wollte Moxie auf ihrem Handy anrufen, einer nicht überwachten Linie, und die Worte sagen, die die Sache ins Rollen bringen würden, doch sie zwang sich dazu, es nicht zu tun.

Also, wie schaffen wir es?

Emmy seufzte und stand vom Sofa auf, um zur Dusche zu gehen. Dann duschte sie sich mit eiskaltem Wasser in dem Versuch, aus der Fantasie aufzuwachen.

MAX NEAL, der rechtsextreme Aktivist, legte die Fotos auf den großen Tisch in der Bauernhausküche. Mitten im ländlichen Pennsylvania hatten er und eine kleine Gruppe seiner Vertrauten sich getroffen, um eine Strategie zu entwerfen. Max hatte schnell bemerkt, dass er vom Geheimdienst und dem FBI beobachtet wurde, sobald Orin Bennett vereidigt worden war, sodass er seine Gruppe aufgelöst und mit ihr in den Untergrund verschwunden war.

Sie waren jetzt zu sechst und er, Max, war der einzige, der Söldner gewesen war. Er wusste nicht wirklich, wieso sie ihm folgten, einem reichen Jungen aus einer alt eingesessenen Familie aus Virginia, doch er beschwerte sich nicht. Er hasste den neuen Präsidenten und war enttäuscht gewesen, als sein alter Mitbewohner aus Uni-Zeiten, Martin Karlsson, sich entschlossen hatte, sich von ihm, Max, zu distanzieren. *Verräter.* Er freute sich darauf, Martins Leben zu ruinieren und Bennett aus dem Weißen Haus zu entfernen.

Er schaute sich um und betrachtete seine Gruppe. „Die Pause ist vorbei. Bald geht es los und wir müssen vorbereitet sein, um richtig etwas auf die Beine zu stellen."

Einer seiner Leute, ein dünner, aber athletischer Mann namens Steve, nickte ihm zu. „Alles ist bereit – sie sehen es vielleicht kommen, aber darum geht es. Wenn sie denken, dass wir unorganisiert sind, lassen sie sich möglicherweise ablenken. Natürlich werden sie diesmal nicht ahnen, wen wir ins Visier nehmen."

Max lächelte. „Was mich hierzu bringt." Er ging zu der Tafel, die sie aufgestellt hatten und an der fünf der sechs Fotos hingen. „Diese Leute beschützen Bennett. Lucas Harper ist der Chef der Sicherheitsmannschaft des Präsidenten. Er führt ein kleines Team an, das den Präsidenten schützt. Dies sind seine Agenten: Duke Hill, Gregory Stein, Walker Lam, Jordon Klee." Er zeigte auf jeden der Männer. „Und dann ist da diese Agentin."

Er hängte das letzte Foto auf und die Männer pfiffen und grölten. Max lächelte. „Genau. Agentin Emerson Sati. Steve, ich glaube, du bist der reizenden Dame bereits über den Weg gelaufen?"

Steve grinste. „Ja, ihr Verlobter kam der Kugel in den Weg, die ich eigentlich für Kevin McKee reserviert hatte. Tragisch."

„Vor allem für die reizende Ms. Sati. Nicht, dass sie selbst zu verachten wäre. Direkt aus Harvard in den Geheimdienst, wo sie

Summa abgeschlossen hat, und die Jahrgangsbeste in ihrem Training in Rowley. Lasst euch von dem hübschen Gesicht nicht täuschen, sie ist gefährlich. Aber –"

Er drehte seinen Laptop um und spielte ein Video ab. „Schaut euch das an. Seht ihr etwas Interessantes?"

Er beobachtete sie, während sie das Video anschauten. Es zeigte den Einweihungsball des Präsidenten. Zumindest einen davon. Karl, einer der Gruppe, pfiff. „Alter, das Mädel ist *heiß*." Max schaute auf den Bildschirm. Er zeigte Emerson Sati in einem dunkelroten, rückenfreien Kleid, wie sie den Präsidenten beschützte.

„Du bist nicht der Einzige, der das denkt. Seht ihr noch jemanden, der die kleine Schönheit bewundert?"

Er betrachtete ihre Gesichter, während sie weiter das Video anschauten, dann lachte Steve auf. „Na was sehe ich denn da? Der Präsi ist in seine Agentin verknallt?"

Max grinste. „So würde ich das auch interpretieren. Was Agentin Sati zu unserem interessantesten Objekt macht. Wenn die beiden ficken, ist sie sicherlich abgelenkt."

„Das ist aber nicht besonders wahrscheinlich, oder?"

Max zuckte die Schultern. „Wer weiß? Der Präsident der Vereinigten Statten kann so ziemlich jede haben, die er will." Er schaute das Video an und grinste schmutzig. „Und er *will*."

Alle lachten, dann klappte Max seinen Laptop zu. „Also, diese sechs Personen müssen wir genau beobachten. Ich möchte, dass ihr jedes Detail über sie berichtet. Ich will wissen, ob sie zur Toilette gehen, wo sie einkaufen, mit wem sie ihre Freizeit verbringen. Alles."

Er deutete erneut auf Emmys Foto. „Und ich will wissen, ob sie Bennett fickt. Wenn sie es tut… ist sie unser Schlüssel zu seinem Niedergang."

„Und wenn sie uns in die Quere kommt?"

Max lächelte unterkühlt. „Wenn Bennett so verrückt nach ihr ist wie ich glaube… wird er am Boden zerstört sein, wenn sie sich zu seinem Schutz opfert."

6

KAPITEL SECHS

„Was hast du gesagt?"

Moxie grinste ihren alten Freund an, während sie zusammen in Aspen Lodge, der Präsidentenhütte in Camp David, saßen. Sie hatte ihm gerade erzählt, worüber sie mit Emmy Sati gesprochen hatte, und nun schaute Orin amüsiert und etwas angsterfüllt drein. Moxie kicherte. „Ich habe nur gesagt, dass es Wege gibt."

„Oh um Himmels Willen, Mox." Er stand auf und tigerte auf und ab, dann drehte er sich ihr zu. „Was hat sie gesagt?"

Moxies Lächeln war triumphierend. „Sie hat gesagt, dass sie dich nach Mathe trifft, hinter der Sporthalle."

„Oh, sehr lustig. Ich stimme allerdings zu, dass das alles ein bisschen achte Klasse ist." Orin setzte sich und schüttelte lächelnd den Kopf. „Ich will einfach nicht, dass es unangenehm wird, wenn sie das nächste Mal auf mich aufpassen muss."

„Wenn es ein Trost für dich ist... sie mag dich auch."

„Aber nichts hat sich verändert, Mox. Es kann immer noch nicht geschehen."

Moxie seufzte etwas frustriert. „Junge, JFK hatte ständig Treffen mit Jackie. Solche Dinge können arrangiert werden. Du weißt doch von den Tunneln und Zivil-Autos... Komm schon. Lebe ein bisschen."

„Du bist meine Personalchefin, Mox."

„Nicht nach Feierabend. In meiner Freizeit bin ich zuerst deine Freundin und ich sehe wie... einsiedlerisch du langsam wirst."

„Meine Sicherheitsagentin zu ficken wird das nicht heilen." Er zuckte zusammen, als er es aussprach und Moxie bemerkte es.

„Eine romantische Beziehung zu einer starken Frau zu haben würde dir – und der Präsidentschaft – unglaublich guttun. Komm schon. Ihr beide könnt alles dadurch verlieren, zusammen zu sein. Macht euch das nicht ebenbürtig?"

"Emmy hat sich für einen Job freiwillig gemeldet, der vielleicht bedeutet, dass sie ihr Leben für mich gibt. Sie ist schon jetzt weit, weit über meinem Niveau."

Mox lächelte ihn liebevoll an. „Du alter Romantiker."

„Sei still."

„Naja." Sie stand auf. „Ich gebe auf. Hör zu, Orin, denk darüber nach. Das ist alles, was ich sage. Wir können es hinkriegen."

ALS MOXIE WEG und Orin allein war, saß er mit dem Kopf in die Hände gestützt da. Der Gedanke war so verlockend, doch er konnte sich momentan wirklich nicht ablenken lassen, selbst nicht von etwas so Erfreulichem wie Zeit mit Emerson Sati zu verbringen.

Vorher hatte sein engster Berater ihn auf den neusten Stand der Ermittlung über den ehemaligen Präsidenten Ellis gebracht und wie es aussah, würde er eine Entscheidung über Ellis' Begnadigung treffen müssen, die seine Feinde nicht glücklich machen würde. Brookes Ellis steckte bis zum Hals in Korruption – und was noch schlimmer war, war, dass er zweifellos in Menschenhandel verwickelt war.

Orin schüttelte den Kopf. Er würde niemals verstehen, wie das Ego von jemandem so außer Kontrolle geraten konnte, dass er solche abscheulichen Dinge tat. Brookes Ellis hatte während seiner dreijährigen Präsidentschaft bewiesen, dass ihm das Volk und die

Verantwortung seines Amtes relativ wenig bedeuteten. Zahllose Skandale erschienen in den Medien, doch der Präsident schien aus Teflon zu sein und wies die Skandale lediglich als ‚Eintagsfliegen' ab.

Dann war sein Personalchef, Lester Dweck, von einem Journalisten der Washington Post dabei gefilmt, wie er betrunken in einem Privatclub von den ‚Mädchen' angab, die er seinen Saufgenossen besorgen konnte. Dweck war Alkoholiker, enttäuscht darüber, nicht selbst den ‚Top Job' bekommen zu haben und verhasst nicht nur bei der gegnerischen Partei, sondern sogar bei seiner eigenen Parteiführung. Er hatte genügend Glück, oder Hirn, um sicherzugehen, dass er genügend Dreck an Brookes Ellis' Stecken kannte, der ihn zögernd zu seinem Personalchef ernannte.

Ellis würde diese Entscheidung noch sehr bereuen. Dweck lieferte seinen Boss im Gegenzug für eine mildere Strafe aus. Ellis verleugnete jegliche Kenntnis, doch da war es schon zu spät. Am Anti-Haft-Präsidenten war endlich etwas klebengeblieben.

Also wusste Orin, dass er Ellis niemals vergeben konnte – verdammt, er *wollte* ihn nicht begnadigen. Die vorherige Administration erfüllte ihn mit Ekel und er wollte sie alle für eine lange Zeit wegsperren. Er hatte seine Ermittler angewiesen, sicherzugehen, dass der Fall wasserdicht war, bevor er verkündete, dass es keine Begnadigung geben würde.

So gern er also eine Beziehung mit jemandem hätte, ganz abgesehen von Emmy, wusste Orin, dass das Land zuerst kommen musste. Er hoffte, dass Moxies gute Absichten nicht die kleinen Flirtereien zwischen ihm und Emmy kaputtmachen würden – denn damit würde er sich begnügen müssen.

Er ging zu Bett und sein Unterbewusstsein folterte ihn mit weiteren Bildern der nackten Emmy Sati, die nach Luft rang, während er mit ihr schlief.

Einige Kilometer entfernt von Camp David arbeitete eine kleine Gruppe Männer still unter der Sporthalle einer Dorfschule. Um die ganze Schule hingen Plakate für das Basketballspiel, bei dem am nächsten Tag die lokalen Champions antreten würden.

Die Männer arbeiteten still und schnell und als alle mit ihrer Aufgabe fertig waren, nickte der Anführer und sie verließen das Gelände. Der Anführer stellte sicher, dass die Leiche des Sicherheitsmanns gut versteckt war, und verließ dann genauso still das Gelände. Morgen würde man die Explosion kilometerweit hören, ganz sicher in Camp David, und sie hätten Präsident Bennett seine erste große Krise bereitet.

Es war erst der Anfang des Horrors, den sie auf den neuen Präsidenten regnen lassen würden...

KAPITEL SIEBEN

Ein lautes Klopfen an ihrer Haustür weckte Emmy auf. Sie stöhnte und drehte sich um. „Lass mich einfach ausschlafen." Sie schaute auf die Uhr. Zehn Uhr morgens. Okay, sie *hatte* also ausgeschlafen. Sie stand auf und warf den Bademantel über ihr T-Shirt und die Shorts, die sie zum Schlafen trug, und schlurfte ins Wohnzimmer.

Sie war nicht auf das vorbereitet, was sie sah, als sie die Tür öffnete. Einen Augenblick lang zog sich ihr Herz zusammen und der Atem verließ ihren Körper.

Zach strahlte sie an. „Hey, du musst Emmy sein."

Nicht Zach. *Tim*. Sie hätte wissen sollen, dass er zurückkommen würde. „Hi."

Es entstand eine lange, unangenehme Pause, und Tims lächeln geriet ins Wanken. „Komme ich zum falschen Zeitpunkt? Kann ich zurückkommen?"

Emmy blinzelte. „Nein, nein... tut mir leid, kommen Sie rein."

Sie machte einen Schritt beiseite, um ihn hineinzulassen, und ihr Herz pochte gegen ihren Brustkorb. Marge hatte nicht übertrieben. Tim war Zachs Doppelgänger – fast. Er war größer, schlaksiger, aber das zerzauste blonde Haar, die hellblauen Augen... ja.

Sie zog den Bademantel enger um sich. „Tim?"

„Das bin ich. Sie sehen etwas erschrocken aus und es tut mir leid, ihren Morgen zu unterbrechen, aber ist Zach hier?"

„Tim... ich will nicht unhöflich sein, aber wer sind Sie?"

Er grinste, ein süßes Lächeln, das sein ganzes Gesicht bedeckte.

„Tut mir leid. Ich bin Tim Harte, Zachs Cousin. Aus Melbourne?"

Emmy fühlte sowohl eine Welle der Sympathie als auch der Angst. Sie atmete tief ein.

„Tim... es tut mir leid Ihnen mitzuteilen, dass Zach verstorben ist. Vor einem Jahr."

Sie sah, wie das Lächeln aus seinem Gesicht verschwand und sich der Schock darauf ausbreitete. „Was?"

Emmys fürsorglicher Charakter ließ sie Tims Arm nehmen und ihn zu einem Stuhl führen. Sie setzte sich ihm gegenüber hin. „Er wurde im Dienst erschossen." Das war so merkwürdig. Wieso wusste Tim das noch nicht? Die wenigen Familienmitglieder, die zu Tims Beerdigung gekommen waren, hätten es ihm doch erzählen müssen, oder? „Tim? Hat Ihre Familie es Ihnen nicht erzählt?"

Tim schüttelte den Kopf. „Nein... ich habe mit den meisten keinen Kontakt. Sie können... nicht die Nettesten sein."

Oh ja, dachte Emmy, als sie sich an etwas erinnerte.

„Warten Sie... sind Sie der Cousin, der nach Australien ausgewandert ist?"

Tim nickte, sein gutaussehendes Gesicht war immer noch bleich. „Der bin ich. Ich habe mit niemandem Kontakt gehalten, aber Zach und ich schrieben uns ab und zu, vielleicht ein oder zwei Mal pro Jahr. Zach ist der einzig Gute von allen. *War*. Oh Gott." Er legte den Kopf in die Hände und Emmy wusste, wie er sich fühlte.

„Es tut mir sehr leid, Tim. Schauen Sie, ich mache uns einen Kaffee und wir können uns unterhalten."

Sie ging in die Küche und setzte Kaffee auf, in ihrem Kopf wirbelten die Gedanken. Zachs Cousin. Zach hatte ihr von ihm erzählt, nicht im Detail, aber genügend, um zu wissen, dass Tim die einzige Person in der Familie war, von der Zach eine gute Meinung hatte. Es bestand kein Zweifel, dass er der war, als der er sich ausgab

– die Ähnlichkeit war unübersehbar – doch ihre Ausbildung begleitete sie wie immer. Sie würde sicher gehen müssen, doch vorerst würde sie ihn beim Wort nehmen.

Sie brachte ihm den Kaffee und lächelte ihm schüchtern zu. „Also haben sie im Internet nichts von Zach gelesen?"

„Ich komme nicht so gut mit dem Computer klar. Meine Tochter sagt, dass ich ein Dinosaurier bin, wenn es um moderne Technologie geht."

„Sie haben Kinder?"

Tim lächelte schwach. „Zwei Rabauken, beide mit australischem Akzent. Ihre Mutter, Lindy, und ich sind geschieden, aber kommen glücklicherweise ganz gut mit einander klar."

Emmy lächelte ihn an. Er schien solch ein lieber Mann zu sein. „Also haben Sie sich dort gut eingelebt?"

„Sehr. Ich habe eine Ranch außerhalb von Melbourne. Hören Sie, Emmy, wegen Zach... es tut mir so leid. Ich weiß, wie sehr er Sie geliebt hat und wie sehr Sie ihn geliebt haben müssen. Sie müssen sehr viel durchgemacht haben."

Emmy nickte. Dieser Mann hatte Zachs Wärme und Nettigkeit und so entspannte sie sich in seiner Gegenwart. „Es war der schlimmste Tag meines Lebens. Ich habe mich... zerbrochen gefühlt."

„Und jetzt?"

Sie lächelte etwas traurig. „Es wird langsam etwas besser."

Tim lehnte sich vor. „Ich weiß, dass es viel für Sie war, und hoffe, dass mein Hereinschneien die Wunde nicht wieder geöffnet hat." Er betrachtete sie einen Augenblick lang. „Haben Sie Familie hier, Emmy?"

Sie schüttelte den Kopf. „Zach war meine Familie. Meine Nachbarin, Marge, ist eine gute Freundin, wie eine Mutter... tut mir leid, es ist komisch, so offen mit einem Fremden zu sprechen, aber Sie sind wirklich Zachs Doppelgänger."

Tim lächelte und setzte dazu an, etwas zu sagen, als Emmys Pager anging. Sie schaute entschuldigend und griff nach ihrer Tasche. „Tut mir leid, das ist von der Arbeit, ich muss nachschauen."

„Natürlich."

Emmy las die Nachricht und spürte, wie das ganze Blut ihr Gesicht verließ. Tim bemerkte es.

„Hey, ist alles in Ordnung?"

Sie schüttelte den Kopf und schaute ihn an. „Nein. Etwas ist passiert."

8

KAPITEL ACHT

Emmy steuerte ihr Auto vorsichtig durch die Menge an Journalisten, Krankenwagen und panischen Eltern. Eine Rauchsäule stieg aus der Schule vor ihr auf. Sie sah Lucas Harper die Fragen seiner Leute beantworten, dann parkte sie und ging direkt zu ihm.

„Hey, Lucas."

„Em, Gott sei Dank. Hör zu, der Präsident hat von dem Bombenanschlag gehört und wollte direkt hierherkommen. Ich habe ihm gesagt, dass wir das nicht zulassen könnten, bis das Gelände gesichert ist und wir die Rettungsarbeiten nicht behindern."

Emmy nickte, während sie den Blick über die verängstigten Gesichter der Schüler und Eltern gleiten ließ. „Wie viele?"

„Aktuell zweiunddreißig. Das schließt den Wachmann ein, von dem wir glauben, dass er letzte Nacht ermordet wurde – offensichtlich als sie die Bomben installiert haben. C-4 mit Zeitschaltuhr. Glücklicherweise – wenn man das Wort überhaupt unter diesen Umständen verwenden kann – füllte die Sporthalle sich gerade erst. Zehn Minuten später hätten wir eine riesige Menge Opfer gehabt." Er seufzte und schüttelte den Kopf. „Vorerst werde ich den Präsidenten auf keinen Fall hierhinkommen lassen. Wir würden nur die Rettungsarbeiten behindern."

„Wie geht es ihm?"

Lucas schüttelte den Kopf. „Nicht gut. Er ist außer sich darüber, dass das passieren konnte. Em, ich brauche dich in Camp David. Wir können diese Attacke, so nah beim Präsidenten, nur als Warnung auffassen.

„Das sehe ich genauso."

„Tut mir leid wegen deines Urlaubs."

Emmy lächelte ihn an. „Lucas, mach dir wirklich keine Sorgen. Willst du, dass ich den Präsidenten schütze?"

„Em. Ich weiß, dass er sich gerne mit dir unterhält. Ich denke, es würde helfen, wenn er dich bei sich hätte."

Emmy verzog ein bisschen das Gesicht. Wurde sie etwa als Babysitterin benutzt? Lucas las ihre Gedanken. „Em, du bist eine wichtige Ressource. Dass der Präsident dir vertraut, ist eine *Ressource*."

„Lucas, alles, was er mir bisher anvertraut hat, ist, dass er gerne einen Hund hätte."

„Das ist ein Anfang."

EMMY FUHR NACH CAMP DAVID, wo sie von Duke empfangen wurde. Er fragte sie nach der Szene nach dem Anschlag. „Die Hölle", sagt sie schlicht. Sie konnte nicht aufhören, über die tiefe Trauer auf den Gesichtern der Schüler und Eltern nachzudenken. In einem Augenblick war ihre heile Welt verschwunden. Es erinnerte sie an den Moment, als ihr Zachs Tod mitgeteilt wurde.

Alles endet, einfach so.

„Lucas sagt, dass er mich beim Präsidenten will."

Duke nickte. „Er ist oben mit Moxie und Charlie Hope. Die Vizepräsidentin ist im Weißen Haus."

Sie gingen zur Präsidentenhütte und wurden von Greg hereingelassen, der sie kurz auf den neusten Stand brachte.

„Sie sprechen über eine Live-Rede von hier an die Nation. Moxie denkt, er solle lieber zurück zum Weißen Haus."

„Vielleicht, wenn sie hier in der Nähe Bomben zünden, ist es offensichtlich eine Drohung."

„Ja."

Sie gingen zum Hauptzimmer und sahen Orin Bennett in einer intensiven Unterhaltung mit seinen Beratern. Er schaute auf und nickte ihnen zu, Emmy konnte die Tiefe der Trauer in seinen Augen sehen. Sie nickte zurück, zog einen Mundwinkel zu einem beruhigenden Lächeln hoch und setzte dann einen neutralen Gesichtsausdruck auf. Es war nicht ihre Aufgabe, dem Präsidenten Mut zu machen. Sie war dort, um seine Sicherheit zu garantieren.

ORIN WAR DAMIT BESCHÄFTIGT, mit Moxie zu diskutieren. „Nein, Mox, wenn ich zum Weißen Haus zurückkehre, werde ich schwach aussehen – als liefe ich weg. Wir wissen immer noch nicht, wer dahintersteckt oder was ihr Motiv war. Es sieht arrogant aus, abzuhauen, wenn ich vielleicht hier etwas Gutes tun könnte."

Moxie und Charlie schauten einander an, dann seufzte Moxie. „Gut. Vizepräsidentin Hunt hat uns gesagt, dass sie eine Ansprache bereit hat, sie aber erst veröffentlichen wird, wenn unsere Nachricht draußen ist."

Da meldete sich Kevin McKee zu Wort: „Unser Statement ist fast fertig und deine Rede ist in Arbeit. Apropos, wenn du mich entschuldigst..."

„Geh ruhig. Danke, Kevin." Orin winkte ihn weg. Er wagte einen Blick zu Emmy. Er hatte das kleine Lächeln bemerkt und war dankbar dafür. Was würde er dafür geben, ihre Arme jetzt um ihn zu spüren?

Konzentration. Kinder waren gestorben. Gott, er konnte sich gar nicht vorstellen, was ihre Eltern gerade durchmachten. Er beendete die Sitzung und wies sie an, Kameras und Licht zu organisieren. „Ich werde die Ansprache hier halten, aber ich möchte, dass es formell ist."

„Alles klar, Mr. President."

Moxie und Charlie standen auf. „Agent Hill, würde es Ihnen

etwas ausmachen, Moxie zurück zu ihrer Hütte zu begleiten? Wir haben ihren Agenten zur Hilfe bei der Rettung geschickt."

„Natürlich nicht, Sir."

Moxie verdrehte die Augen, sagte jedoch nichts. Sie zwinkerte Emmy zu, als sie ging.

ALS SIE ALLEIN MIT dem Präsidenten war, sagte Emmy nichts und wartete darauf, dass er eine Unterhaltung begann. Er rieb sich die Augen und lächelte sie traurig an. „Du warst am Ort des Geschehens, habe ich gehört?"

„Ja, Mr. President."

„Sie wollen mich nicht hinlassen."

„Darf ich ehrlich sein, Mr. President?"

Orin lächelte. „Natürlich, Emmy, und bitte nenne mich Orin, wenn wir allein sind. Komm und setz dich."

Emmy zögerte, nickte dann aber und ging zum Sofa. „Orin, deine Anwesenheit dort würde momentan noch mehr Probleme bereiten. Wir müssten ein Perimeter sichern, was bedeuten könnte, dass Eltern ihre Kinder nicht finden oder nicht die Informationen erhalten, die sie brauchen. Ich weiß, dass du das nicht wollen würdest."

Orin seufzte. „Das würde ich nicht."

„Morgen ist der passende Tag, um den Ort zu besuchen und ihnen – dein Mitgefühl zu bekunden."

Er lächelte sie mit seinen sanften grünen Augen an. „Emmy, vielen Dank, dass du deinen Urlaub unterbrochen und gekommen bist. Du hast keine Ahnung, wie sehr es mir hilft, dein reizendes Gesicht zu sehen. Ich weiß, dass das unangebracht ist, aber jetzt gerade musste ich es einfach sagen."

Emmy wusste nicht, was sie darauf antworten sollte, ihr Gesicht brannte vor Schüchternheit – und Freude. Gott, dieser Mann... sie wusste nicht, wie es passierte, doch plötzlich waren seine Lippen auf den ihren und sie küssten sich. Lust flutete ihren Körper, nahm ihr den Verstand, seine Finger hielten ihr Gesicht. Gott, dieser Kuss... *warte. Was zur Hölle tat sie da?*

Emmy zog sich zurück. „Es tut mir so leid, Mr. Präsident."
"Nein, nein, es tut mir leid, das war... es tut mir leid." Auch sein Gesicht war rot und er stand leise lachend auf. „Tut mir leid, aber es tut mir *nicht* leid, Em. Ich kann mich nicht davon abhalten."
Emmy stand auf. „Ich denke, vielleicht sollte ich mich versetzen lassen, Mr. President."
„Bitte nicht. Es tut mir leid, es war absolut unangemessen und ich schwöre, dass es nicht wieder passieren wird. Gott, was habe ich mir nur dabei gedacht?"
„Sir, es ist in Ordnung, vergessen wir es einfach. Sie stehen unter enormem Druck und es ist für uns alle ein emotionaler Tag. Sir, ehrlich, es ist vergessen." Emmy hoffte, dass er ihre Lüge glauben würde.
Orin betrachtete sie. „Ich schwöre, dass ich ab jetzt meine Gefühle für mich behalten werde."
Trotz der Situation konnte Emmy nicht anders als sich darüber zu freuen, dass er sie mochte. „Sir, das würde ich schätzen. Ich würde es auch schätzen, wenn dies unter uns bliebe, aber wenn Sie denken, dass Sie es Lucas Harper gegenüber erwähnen müssen..."
„Dazu sehe ich keinen Anlass." Er lächelte sie an. „Schau, Emmy, ich unterhalte mich wirklich gerne mit dir. Können wir wenigstens Freunde sein?"
„Natürlich, Mr. Präsident."
Sie schauten einander einen Augenblick lang an. Das Verlangen war offensichtlich, doch die Tatsache, dass sie niemals zusammen sein konnten, wurde ihnen vollkommen klar. Orin streckte die Hand aus und Emmy schüttelte sie.
„Freunde."
„Freunde."

9

KAPITEL NEUN

Orin Bennett umarmte die Frau, deren Tochter in dem Bombenanschlag ums Leben gekommen war. Er weigerte sich gegen Kevins Willen, Kameras hereinzulassen, denn er wollte, dass es hier um Trost für die Überlebenden und Familien der Opfer ging und nicht seine eigene Beliebtheit. Er war betroffen von dem Horror, der geschehen war. Es wurden immer noch Leichen in den Trümmern der Sporthalle geborgen. Die Zahl der Opfer war auf vierundvierzig gestiegen und Orin traf sich mit jeder einzelnen trauernden Familie.

Nachdem er das Schulgelände verlassen hatte, fuhr er zum Krankenhaus und besuchte die Überlebenden, einige mit furchtbaren Verletzungen. Orin verbrachte Stunden mit ihnen, achtete jedoch stets darauf, wie erschöpft sie waren oder ob sie allein sein wollten. Zum Schluss erlaubte er einigen Journalisten Fotos zu machen, unter der Voraussetzung, dass der Fokus auf den Opfern und nicht auf ihm liegen solle.

Als er zu Camp David zurückkehrte, war er vollkommen erschöpft. Er traf sich mit Lucas Harper und besprach die Bekennerschreiben, die sie erreicht hatten.

„Wie immer können wir die meisten direkt aussortieren. Wir

bekommen immer mindestens zehn Nachrichten von den gleichen Bekloppten, die einen solchen Angriff nicht mal planen könnten, wenn sie einen Teller Hirn fressen würden. Entschuldigen Sie meine Sprache, Mr. Präsident."

Orin grinste. „Vergeben. Kommen wir also zu den glaubwürdigen Bekennungsschreiben."

„Die wahrscheinlichste Gruppe ist immer noch die rechtsextremistische Splittergruppe hinter Max Neal. Mr. Präsident, wie Sie wissen, denken wir immer noch, dass wir etwas von Maritn Karlsson erfahren könnten."

Lucas räusperte sich und schaute zu Charlie Hope, der nickte. „Mr. Präsident..."

„Sie sollten mit Ihrer Verkündung, dass Sie den ehemaligen Präsidenten Ellis nicht begnadigen werden, noch etwas warten", beendete Charlie den Satz, zu dem Lucas angesetzt hatte. „Wenn das herauskommt, wird Karlsson zu wütend sein, um mit uns zu sprechen. Er könnte sich auf die Seite seines alten Mitbewohners schlagen. Momentan denkt er, dass noch die Möglichkeit besteht, dass Sie seinem alten Mentor Ellis vergeben. Er könnte mit uns sprechen und *alles*, was wir aus ihm herausbekommen können, würde helfen." Er lehnte sich vor, um sicherzugehen, dass sein alter Freund auf ihn hörte. „Mr. Präsident, ich versichere Ihnen, dass dieser Bombenanschlag, so schrecklich er auch war, erst der Anfang ist. Max Neal ist ein Psychopath, Rassist und Terrorist."

Orin schüttelte angewidert den Kopf. „Was will er?"

"Ehrlich? Max Neal will Sie, will jeden Präsidenten, der nicht seine Nazi-Weltansicht teilt, zu Fall bringen. Der Mann ist Dreck, Mr. Präsident, und er wird nicht aufhören, bis er so viele Menschen umgebracht hat, wie er kann. Zerstörung. Das ist, was Neal will, Sir, und er wird sich von nichts aufhalten lassen."

M‍OXIE BLIEB ZURÜCK, als die anderen gingen. Er lächelte sie an. „Es war ein langer Tag, Mox."

„Schrecklich, aber so ist der Job, O. Es wird nicht der letzte dieser Sorte gewesen sein."

Sie saßen einige Minuten lang in vertrauter Stille da, bis Orin leise sagte: „Ellis ist schuldig, Mox. Ich werde ihn auf keinen Fall begnadigen."

„Ich weiß."

Er betrachtete sie. „Denkst du, dass diese Verrückten weitermachen werden?"

Moxie schaute ruhig zurück. „Ich denke nicht, dass es daran einen Zweifel gibt. Sobald sie wissen, dass ihr verehrter Brookes ins Gefängnis kommt, werden sich die Tore der Hölle öffnen. Niemand ist sicher."

Als Emmy am nächsten Tag in Lucas' Briefing saß, wanderten ihre Gedanken immer wieder zurück zu dem Kuss. Gott, wenn je irgendwer davon Wind bekam... Sie zwang ihre Aufmerksamkeit zurück zu Lucas.

„Natürlich haben wir wegen des Bombenanschlags den Schutz des Präsidenten sowie zentraler Figuren der Administration verstärkt."

Er seufzte. „Hört zu, es waren einige harte Tage für alle, aber wir können uns keinen Ausrutscher leisten, wir dürfen nicht einmal eine Sekunde lang die Aufmerksamkeit verlieren. In einigen Tagen wird President Bennett verkünden, dass er den ehemaligen Präsidenten Ellis nicht begnadigen wird, und ich denke, wir wissen alle, dass die Verrückten naja... verrückt spielen und wir eine Welle an Drohungen bekommen werden. Der Präsident hat zugestimmt, die Verkündung bis nach unserem Interview mit Martin Karlsson zu verschieben."

Duke hob die Hand. „Und wie läuft das ab? Haben wir ihn festgenommen?"

„Nein. Er wurde höflich darum gebeten, zu einem Interview zu kommen, um zu helfen, und er hat bereitwillig zugestimmt. Wir machen es also auf die sanfte Art, aber ich will trotzdem, dass die wichtigsten Fragen gestellt werden. Emmy, Duke, ihr leitet."

„Wird er nicht beleidigt sein, wenn normale Agenten ihn befragen?"

Lucas zuckte mit den Schultern. „Ist mir scheißegal."

Lachen ertönte. „Hört zu, wir wussten seit dem Beginn dieser Administration, dass es schwirig werden würde. Ich glaube an euch alle. Danke. Das ist vorerst alles."

Als sie gingen, rief Lucas Emmy zurück. „Hast du eine Sekunde?"

Emmy nickte, doch ihr Magen zog sich zusammen. Scheiße. Hatte er über sie und Orin herausgefunden? Lucas lächelte sie nur an. „Ich habe sehr gute Dinge über dich gehört. Der Präsident hat gesagt, dass du ihm in der Situation mit NSF Thurmont geholfen hast. Ich habe immer gerne einen Agenten in meinem Team, der eine Vertrauensperson für denjenigen ist, den wir beschützen. Sieht so aus als wärst du das diesmal. Gute Arbeit, Em."

Oh Gott. Sie fühlte sich furchtbar schuldig, als sie sich bei ihm bedankte und ins Feldbüro zurückkehrte. Duke sah ihr Gesicht.

„Oh-oh. Was ist los?"

Sie zögerte und deutete dann mit dem Kinn nach draußen. „Können wir wir gehen?"

„Wir *können* gehen. Lass mich dir die Evolution erklären", scherzte er und sie lachte etwas gelöster.

„Okay, du alter Pedant, wollen wir gehen?"

Er folgte ihr grinsend nach draußen. „Fühlst du dich schuldig wegen des kleinen Flirts mit dem Präsi?"

„*Duke.*" Emmy schüttelte den Kopf. „Ernsthaft, wenn irgendwer dich hören würde... Egal, es ist schräg, wenn du mich nach meinem nicht-existenten Sexleben fragst."

„Em, wir sind Freunde. Ich will nicht daran *denken*, wie du Sex hast, und erst recht nichts davon hören. Nichts für ungut."

„Natürlich nicht." Emmy betrachtete ihn. „Da ist nichts."

„Hey, du magst ihn, oder?"

„Ja, aber ich nehme auch meinen Job sehr ernst." Sie sprach leiser. „Duke... Zach hat sein Leben zum Schutz von Kevin McKee gegeben. Denkst du wirklich, dass er glücklich wäre, wenn ich alles wegwerfen würde, wofür ich gearbeitet habe? Ich kann, ich *werde* ihn nicht so entehren."

„Er würde wollen, dass du glücklich bist, Em. Schau, wäre es wirklich so eine große Sache? Du hast die ganzen Gerüchte über Präsidenten in den letzten Jahren gehört. Sie haben mehr Frauen als Staatsoberhäupter hier hereingeschmuggelt."

„Ja", sie sprach noch leiser, „aber die haben diese Präsidenten verdammt noch mal nicht beschützt."

„Kümmere dich darum, wenn es dazu kommt." Duke zuckte gleichgültig mit den Schultern und merkwürdigerweise fühlte sie sich durch seine entspannte Haltung besser.

„Können wir jetzt über etwas anderes sprechen?"

Duke lächelte ihr zu. „Klar. Also, wann kommt Karlsson?"

„Donnerstag. Lass uns vorbereiten, was wir ihn fragen werden."

WENN ORIN UND EMMY GLAUBTEN, dass die einzigen beiden Menschen auf der Welt, die von ihrem Kuss wussten, sie beide waren, hätten sie es besser wissen müssen. Ein Beobachten hatte durch das Fenster gespäht, den Austausch beobachtet, die Lust in ihren beiden Augen gesehen. Orin Bennett und Emmy Sati wollten sich... *sehr*.

Ob der Beobachter die Information für sich behalten würde oder nicht... das hing davon ab, wie nützlich sie wäre.

Der Beobachter lächelte in sich, zog das Ein-Mal-Handy hervor und rief Max Neal an.

KAPITEL ZEHN

„Rind oder Hühnchen?"

„Rind", sagten Emmy und Tim gleichzeitig und lachten. Tim stieß mit Emmys Bier an.

„Zwei Dumme..."

Die Kellnerin lächelte sie an und entfernte sich vom Tisch. Sie saßen draußen, es war ein ungewöhnlich warmer Tag in DC und Emmy lächelte ihren neuen Freund an. Das Restaurant, ein Tex-Mex-Imbiss, war einer von Emmys und Zachs Lieblingsorten gewesen, doch sie war seit über einem Jahr nicht mehr dort gewesen und froh, dass das ganze Personal neu war und niemand Fragen über Tims Ähnlichkeit mit Zach stellte.

Und sie war außergewöhnlich. Emmy fragte sich daher, ob sie wirklich so viel Zeit mit Tim verbringen sollte. Nach dem ersten Treffen hatte Emmy Tim angerufen, um sich bei ihm dafür zu entschuldigen, so schnell abgehauen zu sein, doch Tim hatte die Entschuldigung beiseite gewischt. „Hey, das verstehe ich schon. Aber ich würde dich gerne wiedersehen. Können wir noch etwas weitersprechen?"

Emmy hatte zugestimmt und sie hatte an mehreren ihrer freien

Tage Zeit mit einander verbracht. Tim war lustig, gebildet und süß, und auch wenn es schmerzhaft war, mit jemandem zusammen zu sein, der sie so sehr an Zach erinnerte, war seine Anwesenheit auch ein Balsam – und eine Ablenkung von ihrem Aufruhr über Orin Bennett.

„Also", sagte Tim nun, „wie verbringt man Zeit in dieser Stadt? Ich habe die McNuggets-Tour gemacht."

Emmy grinste. „McNuggets?"

„Du weißt schon, fünf Minuten im Nationalarchiv gefolgt von Apollo 11 und dem Hope Diamond."

„Oh Mann, du bist ein Kulturbanause." Emmy tat als verurteilte sie ihn. „Ich werde dich einfach lehren müssen. Willst du eine Tour durchs Weiße Haus?"

„Ich dachte, die gäbe es nicht mehr."

„Die Tours durch den West Wing gibt es seit 9/11 nicht mehr, aber ich kann dich hineinbringen. Du müsstest natürlich von meinem Boss durchgecheckt werden, also wenn du irgendwelche dunklen Geheimnisse hast, raus damit."

Tim grübelte. „Also ich habe als Jugendlicher schlafende Kühe umgeschubst."

„Wer hat das nicht?"

Er betrachtete ihre schmale Figur. „Das glaub ich nicht."

„Du bezweifelst meine Kuh-Umschubs-Künste?" Emmy genoss es ihn zu ärgern. Selbst nach der kurzen Zeit fühlte es sich an als würden sie sich seit Ewigkeiten kennen. „Dummkopf."

Tim grinste breit und nahm einen Schluck Bier, als die Bedienung mit dampfenden Tellern voller Fajitas ankam. Beide stöhnten vor Begeisterung über den Duft des Essens auf.

„Ich esse normalerweise keine Fajitas in der Öffentlichkeit", gab Emmy zu, „weil ich es immer, *immer* schaffe, die Guacamole durch mein ganzes Gesicht zu verteilen."

Tim steckte ohne Wimpernzucken seinen Finger in seine Guacamole und schmierte ihn an seiner Nase ab. „So. Jetzt kannst du losverteilen."

Emmy verschluckte sich an ihrem Essen, weil sie so lachen musste. „Du Spinner. Später fahren Marge und ich unseren Hund im Tierheim besuchen. Willst du mitkommen?"

„Auf jeden Fall", sagte Tim begeistert. „Ich liebe Hunde. Und jede Ausrede, um mehr Zeit mit Marge zu verbringen, ist mir recht."

Tim war unglaublich gut bei der alten Dame angekommen, die in Tims Begleitung ihre Coca-Cola-Gewohnheit für ein Sam Adams austauschte. Tim flirtete mit Marge, die jedes Mal über seine Sprüche kicherte. Marge hatte Emmy an einem Abend, nachdem Tim gegangen war, zugenickt und, „Süß, der Junge", gesagt.

Emmy verdrehte die Augen. „Junge? Er ist Ende dreißig, Moo."

„Trotzdem. Du hättest einen viel Schlechteren erwischen können."

Ihre Worte waren Emmy etwas unwohl, aber jetzt, wo sie mit Tim zusammensaß, verstand sie, wieso Marge so etwas gesagt hatte. Es war so einfach mit Tim, er hatte keine versteckten Absichten, keine Hinterlist – obwohl er offensichtlich ein sehr intelligenter Mann war. Er hatte ihr erzählt, dass sein Wunsch nach Australien auszuwandern verhindert hatte, dass er zur Uni ging, doch als er älter wurde, hatte er begonnen, sich selbst zu lehren: er las endlos viel, belegte Kurse und hinterfragte alles.

„Die Leute sagen, dass Bildung bei den Jungen verschwendet ist", sagte er nun, als sie sich darüber unterhielten, was er gelernt hatte, „und es stimmt. Es gibt so viel zu wissen, Emmy." Er betrachtete sie. „Du warst auf Harvard, habe ich gehört?"

Emmy nickte. „Mit einem Stipendium. Ich habe meinen Bachelor brillant abgeschlossen, aber meine Betreuerin bestand darauf, dass ich einen Master machen sollte. Sie hat das Stipendium für mich arrangiert. Ich bin nach Harvard gegangen und wurde von dort rekrutiert."

„Was hast du studiert?"

„Kriminalpsychologie."

Tim lehnte sich offensichtlich beeindruckt zurück. „Du hast es drauf."

„Ha! Nicht wirklich." Emmy war bei dem Kompliment rot angelaufen. Sie schaute auf ihre Uhr. „Aber was ich habe, ist Zeitdruck. Ich muss um drei bei der Arbeit sein."

„Ich setze dich zu Hause ab."

Als sie zurück nach Georgetown fuhren, schaute Tim zu ihr herüber. „Hey, morgen ist Freitag – musst du abends arbeiten?"

„Ja, leider", seufzte Emmy, doch sie meinte es nicht ernst. Zu arbeiten bedeutete, Orin zu sehen und... „Was ist mit Samstagabend? Hast du frei? Wir könnten ins Kino gehen oder so."

„Klingt gut." Er grinste sie mit dem Lächeln an, das so sehr dem von Zach glich, dass es ihr Herz ganz schwer machte. Einen Moment lang fragte sie sich, ob sie Marge als Anstandsdame mitnehmen sollte, aber dann schob sie die Idee beiseite. Tim wusste, dass sie nur Freunde waren, ihre Paranoia würde das nicht ruinieren.

ALS SIE BEI der Arbeit ankam, wartete Duke bereits auf sie. „Martin Karlsson wird in einer Stunde hier sein und Lucas will dich sehen."

Wieso brachten diese Worte nun Angst in ihr Herz? *Es war nur ein Kuss und niemand hat ihn gesehen. Immer mit der Ruhe, Frau.*

Sie ging zu Lucas. „Hey, Em, komm rein."

Lucas schien gute Laune zu haben. „Wir haben vielleicht eine Spur im Bomben-Fall", sagte er und reichte ihr einen Ordner. „Ein örtlicher Farmer hat Aktivitäten auf seinem Gut gemeldet in der Nähe eines Schuppens, den er seit Jahren nicht benutzt hat. Nichts Größeres, nur dass ein Licht an war. Er hätte es nicht bemerkt, aber er stand mitten in der Nacht auf, um zur Toilette zu gehen, und sah es aus der Entfernung. Er ging morgens hin und sah, dass die Türen aufgebrochen worden waren. Drinnen: Dünger."

„Was auf einem Bauernhof nicht ungewöhnlich ist."

„Nein." Lucas lächelte sie an. „Bis man erfährt, dass der Landwirt keine Ahnung hatte, wo zum Teufel der herkam. Er befragte seine Arbeiter – genau wie wir – doch alle behaupten, nichts davon zu wissen."

„Das verstehe ich nicht. In der Schule wurde C4 benutzt, nicht Dünger."

„Ich weiß. Aber wir müssen weiter nachhaken und der Hof ist weniger als zwei Kilometer von Camp David entfernt."

Emmy nickte. „Okay." Sie betrachtete ihren Mentor. „Ich will dir nicht die gute Laune verderben, Boss, aber das scheint keine besonders vielversprechende Spur zu sein."

Lucas setzte sich. „Ich weiß, aber momentan können wir alles gebrauchen. Wenn wir herausfinden können, wo der Dünger herkommt und wer ihn gekauft hat, haben wir vielleicht eine Chance. Max Neals Leute sind so sehr abgetaucht, dass sie wie Geister sind. Dadurch kann ich nachts nicht gerade besser schlafen. Martin Karlsson kommt gleich?"

„Ja, Sir."

„Naja, egal, welche Infos er uns geben kann, wir können sie gebrauchen. Bring ihn auf unsere Seite, Emmy."

„Ja, Sir."

EMMY WAR ÜBERRASCHT, als sie Martin Karlsson von der Rezeption abholte und er sich anscheinend an sie erinnerte. „Agentin Sati, schön sie wiederzusehen."

„Sie auch, Mr. Karlsson. Würden Sie bitte mit mir kommen?"

„Natürlich."

Sie gingen still nebeneinander durch das Feld-Büro, doch es war nicht unangenehm. Emmy bot ihm einen Kaffee an. „Nein, danke, aber ich würde wohl ein Wasser nehmen, wenn Sie welches haben."

„Natürlich. Setzen Sie sich, ich bin sofort zurück."

„Danke."

Emmy nahm ein Wasser aus dem Kühlschrank und holte Duke. „Karlsson wartet."

Martin Karlsson lächelte tatsächlich, als sie hineinkamen, sogar zu Duke. „Ah, Agent Harte, hallo."

„Danke, dass Sie gekommen sind, um mit uns zu sprechen, Mr. Karlsson."

„Bitte, sagen Sie doch Martin. Es ist mir ein Vergnügen. Ich weiß, wieso Sie mit mir sprechen möchten."

„Max Neal."

Karlsson nickte. „Agenten, obwohl ich meine Probleme mit dieser Administration habe, kann ich Ihnen versichern, dass, wenn Max Neal irgendetwas mit diesem Bombenanschlag zu tun hatte, ich alles in meiner Macht Stehende tun, Ihnen all mein Wissen zur Verfügung stellen werde, um ihn zu schnappen."

Emmy war beeindruckt. Es schien als wäre Karlsson ehrlich, doch sie wusste, dass der erste Eindruck nicht immer stimmte. Sich auf ihr Bauchgefühl zu verlassen, war hier keine Option, obwohl es natürlich half.

„Martin, vielleicht könnten Sie so nett sein, uns zu erzählen, wie sie Max Neal kennen gelernt haben."

„Wir haben uns in Princeton kennengelernt. Wir gehörten beide einem Club an, doch das Ethos der Organisation frustrierte Max. Er beschwerte sich immer darüber, dass wir nicht ‚weit genug' gingen, aber was er mit ‚weit genug' meinte, haben wir nie aus ihm herausbekommen. Max war ein Einzelgänger, traf sich nicht mit Mädchen, ein guter Student, doch er verbrachte seine Abende damit, politische Traktate und Manifeste zu schreiben." Karlssons Mund verzog sich zu einem Lächeln. „Das war natürlich vor dem Internet, also gibt es davon leider nichts online. Er hat sie alle mit der Hand geschrieben. Der Himmel weiß, wo die abgeblieben sind, aber Sie könnten auf dem Dachboden seiner Mutter nachschauen."

Emmy grinste. „Naja, das ist zumindest ein Anhaltspunkt. Aber Sir, gab es irgendeinen Hinweis darauf, dass er von einer extrem rechten Gruppe radikalisiert wurde?"

„Er hat sie sicherlich bemerkt, aber um ehrlich zu sein, hat er sich nie mit ihnen in Kontakt gesetzt. Zumindest damals nicht. Während der Administration des ehemaligen Präsidenten Ellis hörten wir allerdings zum ersten Mal von Max' Gruppe. Anscheinend waren sie nur eine konservative Gruppe mit minimalem Einfluss. Max kontaktierte mich ab und zu und wenn ich ihm zustimmte, brachte ich seine Anliegen zu den Beratern des Präsidenten."

„Jemals direkt zum Präsidenten?"

„Nein. So sehr ich Präsident Ellis auch bewunderte, war ich nie in seinem engen Beraterzirkel. Das konnte ich auch nicht, um meinen Job zu machen."

„Schadensbegrenzung."

Martin nickte. „Genau. Ich musste mich vom Personalchef und seinen Untergebenen fernhalten."

„Lester Dweck", sagte Duke und schoss Emmy einen Blick zu. Sie nickte. „Was sagen Sie zu Dweck?", fragte sie Karlsson, dessen Augen sofort vor Wut funkelten.

„Er ist ein riesiges Arschloch, der das Wort Loyalität nicht erkennen würde, wenn es ihm vor die Stirn knallen würde." Martin hielt inne und atmete ein, wobei er von ihren neugierigen Blicken wegschaute. „Tut mir leid, aber der Typ bringt mich zur Weißglut."

„So scheint es", sagte Duke trocken, doch Emmy war mitfühlender.

„Darf ich fragen, Martin? Woran liegt Ihre Loyalität zum ehemaligen Präsidenten Ellis? Keine Verurteilung, ich schwöre, ich bin nur neugierig."

Martin Karlsson nickte. „Das ist eine legitime Frage, Agentin Sati. Der Brookes Ellis, den ich kenne, hätte niemals, könnte niemals die Dinge getan haben, die ihm vorgeworfen werden. Seine Politik war vielleicht manchmal ein bisschen zu rechts, aber Menschenhandel? Ich glaube es einfach nicht."

Emmy wurde plötzlich etwas über Karlsson klar. „Mr. Karlsson... sind Sie Demokrat?"

Martin grinste. „Ja. Ich weiß, ich weiß... ein Demokrat, der Schadensbegrenzung für einen republikanischen Präsidenten macht, klingt widersprüchlich. Aber das ist mein Job, unabhängig von meiner politischen Meinung. Genau wie bei Ihnen – sie beschützen den Präsidenten, unabhängig von Ihren politischen Präferenzen."

„Das tun wir."

„Wenn wir zu den Fragen zurückkommen können", sagte Duke, „also haben sie den Kontakt zu Max Neal verloren?"

„Vor einem Jahr, als all dies begann. Er verschwand spurlos. Ich habe mir nichts dabei gedacht, bis Sie mich diese Woche angerufen haben. Jetzt... macht es Sinn, wenn er ein Verdächtiger in etwas ist. Das Eine, was ich Ihnen mit Sicherheit sagen kann? Er war wutentbrannt, als Präsident Ellis dem Amt enthoben wurde. *Wutentbrannt.*"

11

KAPITEL ELF

Später im Weißen Haus berichtete sie Lucas, was Karlsson gesagt hatte. Lucas nickte. „Ja, das passt zu dem, was unsere Quellen sagen. Neal wurde diese Woche in DC gesehen, also haben wir gelbes Licht. Du, tut mir leid, aber Hanck ist krank. Kannst du vielleicht am Wochenende Doppelschicht schieben?"

„Kein Problem", sagte Emmy locker, doch sie fühlte sich schuldig, weil sie Tim absagen musste. Nicht so schuldig, wie sie sich fühlen sollte, sagte sie sich. „Lucas, jetzt bin ich hier, also bleibe ich einfach. Ich kann Papierkram machen, bis meine Schicht beginnt."

Lucas lächelte sie dankbar an. „Du bist die Beste. Hör zu, ich habe gehört, dass übrig gebliebenes Essen von einem Brunch in der Küche steht. Nimm es dir, bevor es weg ist."

Wie immer hob das Versprechen von Essen Emmys Laune und so ging sie hinunter in die Küche. Seit der Vereidigung dachte sie jedes Mal, wenn sie hier unten war, an jene Unterhaltung mit dem Präsidenten.

Orin. Er hatte sie dazu gebracht, ihn Orin zu nennen, und nun hatte sie Probleme damit, ihn als den Präsidenten zu sehen, wenn sie nicht bei der Arbeit war. Der Gedanke an ihn ließ ihren Magen warm werden und kribbeln. Sie wünschte sich, er würde plötzlich auftauchen, doch die Küche blieb verlassen. Sie nahm sich ein Sandwich und ging zurück ins Büro, um durch die neusten Informationen zu gehen, die sie bekommen hatten.

Emmy war so in die Arbeit vertieft, dass sie nicht bemerkte, wie die Zeit verflog, und als sie auf die Uhr schaute, war es fast halb zwölf und ihre Schicht begann um ein Uhr morgens. Sie ging schnell in die Küche, um ihren Teller abzuspülen, und trocknete ihn gerade ab, als sie seine Stimme hörte.

„Ernsthaft, ich denke langsam, wir sollten das hier einfach unseren Treffpunkt nennen und fertig."

Sie drehte sich langsam um und sah den Präsidenten ihr zulächeln. Sie bemerkte, wie ihre Wangen rot wurden. "Wir scheinen wirklich immer hier zu sein, Mr. Präsident."

"Vielleicht sind wir einfach Foodies."

Emmy nickte und war entschlossen, das Glänzen in seinen Augen sie nicht aufgeregt werden zu lassen. „Das kann ich bestätigen, Sir. Ich war Meisterin im Wettessen in Harvard."

„Tatsächlich?"

"Nein, nicht wirklich, aber ich hätte es machen sollen, um das Preisgeld zu gewinnen." Emmy fühlte sich mehr wie sich selbst, wenn sie mit ihm Scherze machte. Es war so leicht, mit ihm zu lachen.

„Ich habe gehört, dass du das ganze Wochenende mit mir festsitzt, Emerson. Tut mir leid." Er sah nicht so aus als täte es ihm im Geringsten leid und sie musste grinsen.

„Das ist ein Kreuz, was ich tragen werde, Sir." Gott, sie liebte es, ihn zu diesem tiefen, kehligen Lachen zu bringen.

„Ich wollte mir gerade etwas Eis holen", sagte er. „Nimm dir auch eine Schale."

„Danke, aber ich habe bereits gegessen, Sir."

„Ich dachte, wir hätten uns darauf geeinigt, dass ich in der Freizeit Orin bin?"

Emmy deutete auf die Uhr. „In einer Stunde bin ich offiziell bei der Arbeit."

„Was heißt, dass ich noch Orin bin."

„Okay. Danke, Orin, aber ich mag lieber Herzhaftes."

„Wirklich? Was magst du gerne?"

„Naja, erzähl es nicht dem Generalchirurgen, aber alles Salzige oder Fleischige. Also ein gutes gegrilltes Steak, ein Burger oder einfach eine Tüte Kartoffelchips. Bei dem Gedanken läuft mir das Wasser im Mund zusammen." Sie schaute ihm dabei zu, wie er sein Eis genoss, und er grinste über ihre Verurteilung. „Ich weiß. Es ist mein Laster."

„Nur eins?"

Ihre Blicke trafen sich. „Das einzige, was mir momentan erlaubt ist."

Ein Schaudern lief ihr den Rücken herunter, als sie die pure Lust in seinen Augen sah.

„Ja, Sir."

„Orin."

„Ja, *Orin*." Sie hatte nicht gewollt, dass es ganz so bedeutend herüberkam, doch ihre Stimme war auf einen tiefen, rauen Ton gefallen.

Orin fuhr mit einem Finger ihre Wange entlang und sie erstarrte. Seine Hand fiel nach unten. „Es tut mir leid, Emmy. Ich wollte nicht, dass du dich unwohl fühlst." Er seufzte und lachte dann traurig auf. „Das ist Murphys Gesetz, dass ich an dem Tag, an dem ich Präsident werde, auch die schönste Frau kennen lerne, die ich je getroffen habe – und nichts tun kann. Vergib mir, das ist unangebracht."

"Mr. President... nur fürs Protokoll", sagte Emmy mit brennendem Gesicht, „ich fühle das gleiche. Aber mein Job ist es, Sie zu beschützen und dem kann ich nichts in die Quere kommen lassen." Sie hielt seinem Blick stand. „Wenn ich nur einen Moment lang – den *falschen* Moment – die Konzentration verliere... könnte ich Sie verlieren. Das Land würde einen großartigen Mann verlieren."

Orin lächelte und schaute sich im Raum um. „Emmy... ist es wahrscheinlich, dass jetzt etwas passieren könnte?"

„Nein, Sir."

Er streckte seine Hand nach ihr aus. „Tanz mit mir. Weißt du, wie oft ich dich bei dem Vereidigungsball um einen Tanz bitten wollte,

Emmy? Du in diesem roten Kleid... mein Gott. Jeder Mann in dem Saal wollte dich. Vor allem *dieser* Mann."

Emmy wusste, dass sie nein sagen sollte. Ihre Ausbildung schrie, dass sie aufhören sollte, doch sie konnte nicht. Sie nahm seine Hand und er zog sie in seine Arme. Seine Hand lag auf ihrem unteren Rücken und sie fühlte, wie fest und athletisch sein Körper war, als er sie nah an sich zog. Sie traute sich nicht, zu ihm hinaufzuschauen.

„Emmy", flüsterte er und der Klang von ihrem Namen, der mit so viel Zärtlichkeit ausgesprochen wurde, brachte die Erinnerung an Zach zurück. Der Gedanke ließ sie erstarren. Sie entzog sich ihm und versuchte zu lächeln.

„Es tut mir leid, Mr. President, ich kann nicht." Sie atmete zittrig ein. „Wenn du bevorzugst, dass ich in ein anderes Team versetzt werde..."

„Nein", sagte er und lächelte ihr kopfschüttelnd zu. „Es tut mir leid, das war unangebracht und vollkommen meine Schuld. Bitte, iss in Ruhe zu Ende, Agentin Sati. Ich gehe nach oben. Gute Nacht."

„Gute Nacht, Mr. President."

Und weg war er. Emmy setzte sich zitternd hin. War das wirklich gerade passiert? Das war so unprofessionell von ihr gewesen – und von ihm – doch sie verstand seine Anziehung, weil sie sie auch fühlte. Oh Gott, Sati, was hast du dir nur dabei gedacht? Wenn sie einen Augenblick länger in seinen Armen geblieben wäre, wusste sie ohne jeglichen Zweifel, dass sie sich geküsst hätten – und was dann? Vögeln im Lincoln-Schlafzimmer?

Gott, der eine Mann, den sie auf dieser Welt wollte, war genau der, den sie nicht haben konnte – *niemals*.

Verdammt. Sie würde Lucas darum bitten müssen, sie zu versetzen, egal, was Orin sagte. Das hier konnte nie wieder geschehen. Wenn sie auch nur eine Sekunde lang die Konzentration verlor, konnten Max Neals Männer zu Orin gelangen und der Gedanke daran, dass er wie Zach enden konnte – der Schmerz durchschnitt sie wie nichts seit dem Tag, als ihr gesagt worden war, dass Zach tot war.

Aber sie fühlte doch sicherlich nicht das gleiche für Orin Bennett wie sie für ihren geliebten Zach gefühlt hatte? Ungefragt kam die Antwort zurück zu ihr.

Doch.

Oh fuck. Sie hatte sich in ihn verliebt.

„Sei nicht lächerlich", murmelte sie sich selbst zu, wütend und verwirrt. „Ein bisschen Spaß in seiner Gegenwart? Das ist nicht Liebe, das ist nur Verknalltsein."

Sie ging los, um Lucas zu suchen. Ihr erschöpft aussehender Chef wollte gerade nach Hause gehen und der Mut verließ Emmy. „Ich wollte nur sagen, wenn du möchtest, dass jemand einen zweiten Blick auf die Infos wirft, kannst du auf mich zählen. Ich möchte richtig an der Untersuchung mitarbeiten, nicht nur am Rande."

Lucas klopfte ihr auf die Schulter. „Nimm dir nicht zu viel vor, Em. Du beschützt den Anführer der freien Welt. Das ist genug für jeden."

Scheiße...

12

KAPITEL ZWÖLF

Orin war mit Gefühlschaos ins Oval Office zurückgekehrt. Er musste etwas tun, um sich davon abzulenken, was er für Emmy Sati fühlte. Er bat Peyton Hunt, seine ruhige Vizepräsidentin, zu sich. Seine alte Freundin aus Uni-Zeiten brauchte ihn nur anzuschauen, um zu wissen, dass etwas nicht stimmte.

„Ich glaube, ich muss auf ein paar Dates gehen", sagte er etwas befangen. „Um den Hunger der Presse zu stillen und für meine eigene Ruhe. Ich weiß nur nicht wie."

Peyton lächelte ihn an. Sie war immer wie eine große Schwester für Orin gewesen, da sie ein paar Jahre älter war als er. Bis vor seiner Wahl hatte er immer geglaubt, dass ihre Rollen anders herum sein würden, dass sie die erste weibliche Präsidentin der Vereinigten Staaten würde. Erst als Peyton frisch verwitwet zu ihm kam und ihm sagte, dass sie nicht kandidieren würde, verstand Orin, dass sie den Top Job nie haben wollte.

„Aber du, Orin, du musst kandidieren."

Er hatte zugestimmt – unter der Bedingung, dass sie seine Vizepräsidentin sein musste. Irgendwann stimmte sie zu.

Nun saß sie bei ihrem alten Freund und nickte. "Ich denke, dass es gut für dich wäre, und ja, vielleicht würde es die Presse eine Weile lang beruhigen. Ich weiß, dass du dich auf die wichtigen Dinge konzentrieren willst, aber ich denke, um das Land so repräsentieren zu können, wie es erwartet wird, brauchst du jemanden an deiner Seite." Sie betrachtete ihn. „Schwebt dir jemand vor den Augen?"

Ja, ja, ja, die umwerfende Geheimdienst-Agentin, die wenige hundert Meter weit entfernt ist. „Ich wollte fragen, ob du jemand... passendes im Kopf hast. Oh Gott", seufzte er mit verdrehten Augen, "was definieren wir als *passend*?"

„Naja." Payton lehnte sich zurück und überschlug die Beine. „Jemand, der deiner Intelligenz und Leidenschaft gleichkommt. Jemand, der dich zum Lachen bringt und dich herausfordert. Aus ästhetischen Gründen, eine Anwältin für Menschenrechte oder von einer Stiftung."

Orin seufzte. „Kennst du da jemanden?"

„Das tue ich tatsächlich. Ich habe schon länger über eine gewisse Frau nachgedacht, aber gezögert. Vor allem, weil sie erst vor recht kurzer Zeit aus einer Langzeitbeziehung kam, aber auch wegen der ersten hundert Tage der Präsidentschaft. Denkst du, dass du bereit bist?"

Orin war einen Moment lang still. Er wollte seiner alten Freundin erzählen, dass er sich gerade in Emmy Sati verliebte, doch er wollte Emmys Karriere nicht aufs Spiel setzen. Er vertraute Peyton, doch dies war größer als eine Freundschaft. Nein, es war richtig. Er würde sich der Situation entziehen. „Also, wer ist sie?"

„Nahla Delaney. Sie ist eine Anwältin für Menschenrechte aus England, die hier in Washington für Kushner, Flint and Harrison arbeitet. Es heißt, dass sie noch dieses Jahr zur Partnerin ernannt werden soll. Hart im Gericht, gebildet, intellektuell... und sehr lustig. Auch sehr hübsch, falls es dich interessiert."

Peyton holte ihr Handy hervor und scrollte durch ihre Fotos. Dann reichte sie es Orin. Nahla Delaney war tatsächlich schön: Langes, dunkles Haar, braune Augen und ein charmantes Lächeln.

„Sie ist etwas jünger als du, Anfang dreißig, aber ich denke, ihr zwei könntet zusammenpassen."

Orin gab ihr das Handy zurück. „Kannst du ein Treffen arrangieren?"

„Ich werde sie fragen."

Orin bedankte sich mit einem Lächeln. „Wie soll das funktionieren?"

"Naja, offensichtlich könnt ihr nicht zum Abendessen ausgehen, also werden wir hier ein Essen arrangieren. Wir werden einen Vier-Sterne-Koch bestellen, um in der Privatresidenz für euch zu kochen."

Orin schaute bestürzt drein. „Himmel... für ein erstes Date?"

Payton gab nach. „Okay, vielleicht auch nicht. Aber wir wollen nicht, dass Nahla danach gefragt wird, was sie gegessen hat, und sie sagt, dass es eine saure Gurke und eine Tüte Kartoffelchips gab."

Orin lachte etwas beklemmt. *Kartoffelchips. Emmy wäre begeistert, wenn er die auftischen würde. Gott, hör auf damit. Du kannst Emmy Sati nicht haben. Komm endlich damit klar.*

„Naja, ich überlasse die Details dir. Was soll ich tun? Blumen schicken? Eine Einladung?"

"Da kümmern wir uns schon drum."

„Das kommt mir alles etwas klinisch vor."

Peyton zuckte die Schultern. „So ist das in diesen Kreisen, Orin."

Als Peyton weg war, ging Orin ins Lincoln-Schlafzimmer, um zu lesen, doch in Gedanken war er immer noch bei Emmy und wie sie sich in seinen Armen angefühlt hatte. Als er einschlief, begann er davon zu träumen, dass sie an seiner Tür klopfte, jetzt, in der Stille der frühen Morgenstunden. Er würde vom Bett aus zuschauen, wie sie ihre Klamotten heruntergleiten ließ und zu ihm käme.

Er streckte die Arme aus und sie legte sich in sie. Endlich spürte er ihre Haut gegen die seine, ihre Brüste gegen seine nackte Brust. Ihre Arme legten sich um seinen Nacken und ihre Lippen, ihre weichen, süßen Lippen, legten sich auf seine, während seine Arme sie festhielten. Sie war so schmal verglichen mit seinem breiten Körper, dass er wusste, dass er diesmal auf sie aufpassen musste, während sie mit einander schliefen. In dem Augenblick, als sein

Schwanz in ihre feuchte Wärme glitt, wusste er, dass es richtig war. Er hörte ihr Stöhnen und wie sie seinen Namen ausstieß, während er immer tiefer in sie eindrang.

Dann war sie weg, noch bevor er seinen Höhepunkt erreichen konnte, wie Nebel. Der Traum war vorbei.

Emmy Sati war wieder weg, außerhalb seiner Reichweite.

„ALSO", sagte Tim am nächsten Montagabend, als Emmy es endlich schaffte, ihren Kinoabend nachzuholen, „bist du sicher, dass du heute Abend nicht arbeiten müssen wirst?"

Sie grinste ihn an. Anstatt auszugehen, hatten sie beschlossen, zu Hause zu bleiben – bei ihr – und einen Film auf ihrem Fernseher zu schauen. Emmy hatte ein simples, aber leckeres Pasta-Gericht zubereitet und nun lehnten sie sich mit Bier und einer großen Schüssel Popcorn vor ihnen zurück.

Tim grinste sie an und im dämmrigen Licht war es leicht, so zu tun als wäre er Zach. Nicht fair ihm gegenüber, sagte Emmy sich. Tim deutete mit dem Kinn auf den Bildschirm. „Hast du den schon mal gesehen?"

„Oft. Es war einer von Zachs Lieblingsfilmen, deshalb habe ich ihn ausgesucht." Sie seufzte. „Tim, ich will dir noch einmal sagen, wie leid es mir tut, dass du von so weit gekommen bist und Zach… er hätte es toll gefunden, die Verbindung zu dir wiederaufzufrischen, das weiß ich."

Tim stieß mit ihr an. „Ganz sicher, Em. Aber trotzdem konnte ich Zeit mit dir verbringen und das ist keine Kleinigkeit." Er zögerte. „Ich kann sehr gut nachvollziehen, wieso er sich in dich verliebt hat."

Emmy schluckte einen großen Kloß in ihrem Hals herunter. „Das ist aber lieb von dir." Sie begegnete seinem Blick und lächelte.

„Es ist wahr."

Er streckte die Hand aus, um ihre Wange zu streicheln, doch ließ sie fallen, bevor er sie berührte. Dann schaute er betroffen weg. „Tut mir leid. Ich vergesse mich selbst."

Emmy stand den Tränen nahe. „Das musst du nicht. Lass uns

ehrlich sein. Tim... da ist etwas zwischen uns. Aber ich weiß nicht, ob es daran liegt, dass du Zach so sehr ähnelst – und das ist dir gegenüber nicht fair. Du verdienst mehr." Sie zögerte. „Und es... es gibt da jemanden. Jemanden, mit dem ich niemals zusammen sein kann, aber vorerst muss ich noch über ihn hinwegkommen."

Tim lächelte sie traurig an. „Wen könntest du nicht haben?"

„Du würdest staunen. Schau, es wäre so einfach, eine Beziehung mit dir anzufangen, Tim, aber es wäre für keinen von uns beiden gut. Außerdem hängt dein Herz an Australien." Sie grinste ihn an und er drückte ihre Hand.

„Du hast recht. Aber ein Mann wird ja wohl noch träumen dürfen."

Sie lächelte ihn an. „Ha, du würdest mich nicht mögen. Wenn Zach hier wäre, würde er dir von meinem ununterbrochenen Essen, dem Schnarchen und den Kekskrümeln im Bett erzählen."

„Schockierend."

„Du hast gesehen, was ich mit Fajitas mache."

Tim tat als liefe ihm ein Schauder über den Rücken. „Ich bin für den Rest meines Lebens geprägt. Es war wie ein Werwolf mit einem frischen Lamm."

„Genau. Und du hast noch gar nicht gesehen, wie ich Steak esse. Das ist nicht schön anzusehen."

„Ich wette, du isst es nicht einmal gekocht – einfach nur roh auf dem Teller."

Emmy grinste breit. „Siehst du, du kennst mich bereits zu gut."

„Und das Gas. Mann, kannst du furzen, Frau."

Emmy lachte schallend. „Junge, wenn ich in deinem Beisein gefurzt hätte, hättest du es bemerkt."

„Und das ganze Fleisch."

„Als wüsste ein australischer Farmer nicht eine Menge über Gas."

„Wie ein Überschallknall."

„Ekelig!" Doch sie krümmten sich beide vor Lachen. Als sie sich wieder beruhigt hatten, lächelte Emmy ihn an.

„Freunde?"

Tim gab ihr einen Fist Bump. „Freunde für immer. Also, lass uns jetzt diesen Film schauen. Ich habe gesehen, dass Alicia Vikander mitspielt, also kann ich immerhin, wenn ich allein nach Hause komme..."

„Beende diesen Satz *nicht*", kicherte Emmy über sein spitzbübisches Gesicht.

„Waffenstillstand."

„Alles klar."

„Gib mir mal das Popcorn."

„Kommandier mal nicht rum."

„Sei still."

13

KAPITEL DREIZEHN

Nahla Delaney war so schön, intelligent und scharfsinnig wie Peyton sie beschrieben hatte. Sie hatte letztendlich eingewilligt, mit dem Präsidenten zu Abend zu essen, und nun, als sie allein in seinem privaten Esszimmer saßen, genoss Orin ihre Begleitung.

Peyton hatte einen Gast-Koch organisiert, der für sie kochte, und so genossen sie Wolfsbarsch mit Spargel und einer *sauce vierge*, gefolgt von einem Lammbraten, der zart und saftig war. Nun aßen sie Grüntee-Sorbet mit einem umwerfenden und delikaten Limettenmousse.

Bisher hatte sich die Unterhaltung um Nahlas Arbeit als Anwältin für Menschenrechte gedreht und ganz natürlich war die Unterhaltung auf Brookes Ellis' Sex-Menschenhandels-Fall gekommen.

„Ich weiß, dass du mir keine Details verraten kannst, aber kann ich irgendwie helfen? Die ganze Sache ist abartig, aber leider viel zu verbreitet."

Orin nickte. „Die Sache ist wirklich widerlich, aber dass der Anführer dieses Lands derartig darin verwickelt ist… das ist schwer zu verarbeiten."

„Das kann ich mir vorstellen." Nahla senkte den Löffel. „Das verdirbt einem zwar den Appetit, aber ich muss zugeben, dass das Essen sehr gut war, Mr. President."

„Orin, bitte, und danke. Ich werde es dem Chef ausrichten."

„Ja, bitte." Nahla betrachtete ihn. „Orin... wieso bin ich hier? Ich meine, ich würde niemals eine Einladung aus dem Weißen Haus ablehnen, aber das hier scheint... sind wir auf einem Date?"

Orin hatte nicht erwartet, dass sie so direkt sein würde, und einen Moment lang rang er um Worte. „Eher ein... Hallo."

„Eine Erkundungsmission?" Nun neckte sie ihn und Orin entspannte sich.

„Ich bin aus der Übung hiermit", sagte er mit einem verlegenen Lächeln, „und die Umstände sind jetzt noch komplizierter."

„Natürlich", sagte Nahla leise lachend, „wurde ich sicherlich bis ins letzte Detail untersucht. Lass mich raten. Ich bin gebildet, habe einen angesehenen Job und bin einigermaßen attraktiv."

„Sehr attraktiv", verbesserte Orin sie galant, „aber ja, du erfüllst wirklich jedes Kriterium. Furchtbar, das zugeben zu müssen."

„Hmm." Nahla nickte langsam und lächelte ihn dann an. „Bis auf die Tatsache, dass wir beide wissen, dass wir uns zwar verstehen... da aber keine Chemie zwischen uns ist."

Orin lachte. „Mann, du bist wirklich brutal ehrlich."

„Orin, du bist ein lediger Präsident, ein Unabhängiger. Du hast bereits stark verändert, wie die Präsidentschaft wahrgenommen wird, Gott sei Dank. Also verkaufe dich bitte nicht unter Wert, wenn es um die Partnerwahl geht. Lass die amerikanische Öffentlichkeit dich nicht dazu drängen, eine Zweckehe einzugehen. Vergiss sie. Du wirst aus Liebe heiraten und aus sonst keinem Grund."

Orin lächelte. „Glaube mir, das will ich. Aber es ist eine Sache der..." Er schweifte ab. Konnte er diese Frau nach den möglichen Folgen einer Affäre mit einer Untergeordneten fragen? Als Präsident?

„Hypothetisch?"

Nahla lächelte. „Leg los."

„Was, wenn die Person, die mich interessiert... für mich arbeitet?"

Nahla seufzte. „Naja, dann käme Arbeitsrecht ins Spiel. Es könnte als Machtmissbrauch gedeutet werden, wenn die Person in einer viel niedrigeren Position ist. Wovon sprechen wir hier?"

„Hm", sagte er mit einem Kopfschütteln, „das kann ich nicht sagen."

„Aber es gibt da jemanden?"

Er nickte. „Ja, gibt es. Nahla, es tut mir leid, dass ich dich in dieses Affentheater hineingezogen habe, aber es tut mir nicht leid, dich kennengelernt zu haben."

„Das geht mir genauso, Orin. Und außerdem", sagte sie mit einem gewitzten Grinsen, „wenn wir mit einander geschlafen hätten, könnte ich mich in ein paar Jahren nicht reinen Gewissens auf den Posten der Generalstaatsanwältin bewerben."

Orin hob sein Glas. „Das kann ich mir vorstellen. Und wo wir gerade von Rollen im Weißen Haus sprechen… wusstest du, dass Flynt Mitchum im Oktober in den Ruhestand geht? Wir werden bald eine Liste der Kandidaten zusammenstellen. Ich würde ohne Zögern deinen Namen hinzufügen."

„Als Dank dafür, nicht mit dir geschlafen zu haben, Sir?"

Orin lachte und seufzte. „Nahla, wie schade, dass das mit der Chemie nicht hingehauen hat."

„Ich weiß."

Sie gingen in sein privates Wohnzimmer, um etwas zu trinken, dann schüttelten sie sich gegenseitig die Hände und verabschiedeten sich als Freunde, wahrscheinlich zukünftige Kollegen. Nahla musterte ihn von oben bis unten. „Du bist ein gutaussehender Mann, Mr. Präsident. Wer auch immer sie ist, ich bin sicher, dass ihr es hinbekommt."

Später ging Orin zu Peyton, die er immer noch hinter ihrem Schreibtisch vermutete, um ihr von dem Date zu erzählen. Als er sie fand, sah er jedoch, dass ihr Gesicht tränenbedeckt war. „Was ist los, Pey?"

Sie schüttelte den Kopf und versuchte zu lächeln. „Nichts. Nur eine dieser Nächte, in denen ich Joe so sehr vermisse, dass es wehtut."

Orin umarmte seine alte Freundin. „Es tut mir so leid für dich."

Peyton wischte sich über das Gesicht. „Ich weiß nicht einmal, was es ausgelöst hat, außer... ich habe einen Brief von einem der Elternteile der Kinder gelesen, die in Maryland gestorben sind." Sie schaute ihn an. „Verschwende deine Zeit nicht damit, diejenige nicht zu lieben, die für dich bestimmt ist, Orin." Sie rieb sich die Augen. „Wo wir davon sprechen – "

„ – Nahla ist wunderschön, unglaublich lustig, schlau... und wir hatten absolut keine Chemie zwischen uns."

Peyton seufzte. „Immerhin hast du es versucht." Sie betrachtete ihn, stand dann auf und schloss die Tür. „Orin, die Leute reden."

„Reden?"

„Dass... du mit deinem Sicherheitspersonal geflirtet hast. Agentin Sati. Ich kann kaum ausdrücken, wie schädlich das sein könnte, wie unsicher es dich machen würde, wenn du etwas mit ihr anfangen würdest."

„Nein", sagte Orin schweren Herzens, „das brauchst du mir nicht zu sagen."

„Außerdem hat die junge Frau genug durchgemacht. Weißt du, wie hart sie arbeiten musste, um es bis hier zu schaffen?"

„Das weiß ich, Peyton."

Sie schaute ihm ins Gesicht. „Orin?"

Orin stand auf und ging einen Moment lang auf und ab. „Was, wenn ich dir sagen würde, dass ich in sie verliebt bin? Dass ich nicht aufhören kann, an sie zu denken?

„Die Presse würde sie zerstören und mit ihr den Ruf aller Agentinnen nach ihr. Das hier ist größer als ihr zwei."

„Hast du mir nicht gerade erst gesagt, ich solle Liebe nicht verschwenden?" Orin bemerkte, dass seine Stimme anschwoll und er die Hände dabei anhob.

Peyton wartete, bis er sich beruhigt hatte. „Komm schon, Orin, du weißt das doch alles. Hör auf dich wie ein verknallter Teenager zu verhalten. Wenn Nahla nicht funktioniert hat, finden wir jemanden anders."

„Nein." Orin stand auf. „Ich würde mich lieber... auf den Job konzentrieren."

„Gut."

Peyton hatte recht. Er musste zur Vernunft kommen und seinen Verstand einsetzen. Er hatte einen verdammten Job zu machen. Als Orin an dem Abend ins Bett ging, beschimpfte er sich selbst dafür, wieder einmal den Fokus verloren zu haben. Er wusste, was er zu tun hatte. Das erste, was er am nächsten Morgen tun würde, wäre, Lucas Harper anzurufen und sein gesamtes Sicherheitsteam auswechseln zu lassen. Das Mindeste, was er tun konnte, war Emmy nicht allein auszusortieren.

14

KAPITEL VIERZEHN

„Es ist keine große Sache", sagte Lucas einige Tage später. "Der Präsident möchte nur sichergehen, dass wir rotieren und alle die gleiche Erfahrung sammeln. Duke, Em, ihr seid vorerst der Vizepräsidentin zugeteilt. Hank und Chuck, ihr wechselt zu Kevin McKee..." Er fuhr damit fort, Agenten den Mitarbeitern des Weißen Hauses zuzuordnen, doch Emmy hörte nicht mehr zu. Orin schaffte Abstand. Gut. Das war gut. Ja, es tat zwar auch weh, doch Emmy war erleichtert. Es wäre für beide einfacher, wenn sie nicht so eng zusammenarbeiteten.

Natürlich bedeutete, nicht mehr seine Beschützerin zu sein, auch, dass... nein. *Denke nicht einmal daran. Nichts hat sich geändert. Er ist immer noch der Präsident und du bist immer noch nur du.*

„Sir?" Sie hob die Hand und Lucas nickte.

„Was gibt es, Em?"

„Haben wir Neuigkeiten über Max Neal?"

„Noch nichts. Ich weiß, ihr habt bereits mit Karlsson gesprochen, aber ich schlage vor... Em, lade ihn auf ein paar Drinks ein, löse seine Zunge. Finde irgendetwas heraus, mittlerweile wäre ich für alles dankbar. Das FBI-Feldbüro in Maryland steht kurz davor, die Untersuchungen zu beenden und das sind keine guten Nachrichten."

Emmy nickte und kehrte zu ihrem Schreibtisch zurück, um Karlsson anzurufen. Sie glaubte nicht, dass sie mehr aus ihm herausbekommen würde, doch es war einen Versuch wert. Sie fand es frustrierend, dass Lucas sie nicht tiefer graben ließ, aber immerhin war dies etwas.

Martin Karlsson stimmte sofort zu – etwas einfacher als gedacht, was Emmy überraschte, ihr jedoch auch Hoffnung gab, dass er etwas hatte, was er ihr erzählen könnte.

Martin Karlsson wartete im Café, als sie sich zwei Tage später trafen. Er stand auf, um sie zu begrüßen, und überrumpelte sie, als er sie zur Begrüßung auf die Wange küsste. „Agentin Sati."

„Mr. Karlsson, danke, dass Sie gekommen sind."

„Bitte, nenn mich Martin. Darf ich dir ein Getränk bestellen?"

Sie setzten sich an einen Fenstertisch und führten etwas Small Talk, dann lächelte Martin sie an. „Ich muss sagen, ich war absurd erfreut, als du angerufen hast, Emmy – darf ich Emmy sagen?"

„Natürlich. Ich wollte nur nach unserer Unterhaltung letztens im Feldbüro noch einmal nachhören."

„Ich fürchte, es gibt nichts weiter hinzuzufügen." Er betrachtete sie. „Du siehst enttäuscht aus."

„Ich muss zugeben, dass ich das bin. Wir scheinen mit unserer Untersuchung über Max Neal auf Granit zu beißen. Als ihr in der Uni wart, schätze ich mal, dass Max Neal von seinen Eltern finanziell unterstützt wurde?"

Martin nickte. „Das wurde er, doch ich weiß, dass das schnell endete, als Max immer rechter wurde. Als sie starben, haben sie ihm nichts hinterlassen."

„Was mich zu der Frage bringt, wie er es sich leisten kann, so tief abzutauchen. Das ist mein Gedankengang – er muss eine Finanzierung haben, um komplett verschwinden zu können. Keine Unterlagen, keine Kreditkarte, alles in bar bezahlt. Und um die Insider-Informationen zu haben, von denen wir glauben, dass er sie hat..." Sie schweifte ab und dachte nach. „Princeton."

Martin schaute verwirrt drein. „Ja?"

„Martin, kannte einer von euch beiden Kevin McKee in Princeton?"

Martin schüttelte den Kopf. „Nein. Er ist ein paar Jahre jünger als wir beide. Sein älterer Bruder Clark war vor uns und Anführer unserer Bruderschaft."

„Welche?"

„Phi Kappa Alpha. Aber ich weiß, dass Kevin McKee in keiner Bruderschaft war."

Emmy dachte nach. „Geheime Gemeinschaften?"

„Möglich und Max hätte so etwas sicherlich toll gefunden. Aber, wie gesagt, ich weiß es nicht mit Sicherheit. Bei geheimen Gemeinschaften war mir immer etwas mulmig zumute." Er lächelte plötzlich und Emmy bemerkte, dass es seine ansonsten etwas langweilig gutaussehenden Gesichtszüge aufhellte. „Möglicherweise, weil ich nie dazu eingeladen wurde, in eine einzutreten", gab er mit einem kleinen Lachen zu, dann schaute er ihr in die Augen.

„Emmy... ich verstehe, wenn du nein sagst, aber ich würde dich gerne wiedersehen. Abseits der Arbeit. Ich bin recht... verzaubert von dir."

Emmy spürte das Blut in ihr Gesicht steigen. „Das ist sehr nett, aber..."

Sie wurde von Martins klingelndem Handy gerettet und er lächelte entschuldigend. „Tut mir leid, ich muss drangehen."

„Natürlich."

Sie schaute dabei zu, wie sein Gesichtsausdruck sich von entspannt zu schockiert und wütend veränderte und fragte sich, was zur Hölle los war. Martin legte auf und schaute sie mit verengten, unfreundlichen Augen an, alle Wärme war verschwunden.

„Wusstest du davon?" Er stand bereits und hatte seinen Mantel im Arm.

Emmy war verwirrt.

„Wusste wovon?"

„Dein Chef", spuckte Martin beinah aus, „hat beschlossen, Richter, Jury und Henker zu spielen. Er wird Brookes Ellis nicht begnadigen."

Emmy war nicht schockiert. „Martin, das hast du doch sicherlich kommen sehen?"

„Nein, ich habe es verdammt noch mal nicht kommen sehen! Brookes Ellis ist ein unschuldiger Mann, Agentin, und ich – " Er hielt inne, rieb sich den Nasenrücken und versuchte, sich zu beruhigen. „Tut mir leid, das ist alles nicht deine Schuld. Ich muss los."

Und er ließ sie stehen. Emmys Kopf wirbelte von dem, was gerade passiert war. Sie setzte sich und trank ihren immer noch warmen Kaffee, wobei sie ihr Handy checkte. Die Nachricht, dass Orin Brookes Ellis nicht begnadigen würde, war tatsächlich durchgesickert. „Es gibt überwältigende Hinweise darauf", wurde er zitiert, „dass Brookes Ellis einer der Organisatoren und Schlüsselfiguren eines bekannten Netzweks für Menschenhandel zu sexuellen Zwecken war. Er finanzierte den Import junger Männer und Frauen als Angebot für sexuelle Erfüllung. Eine offizielle Anklage gegen ihn und seine Komplizen wird erhoben und ich erwarte, dass der ehemalige Präsident Ellis als schuldig gemäß der Anklage gefunden wird."

Emmy zog die Augenbrauen hoch. Orin hielt sich nicht zurück, doch sie war überrascht, dass Lucas ihr nichts davon gesagt hatte, dass das Statement heute veröffentlicht werden würde, vor allem, da er wusste, dass sie sich mit Karlsson treffen würde.

Sie fuhr nach Hause und fragte sich, ob sie Lucas anrufen und fragen sollte, ob sie zur Arbeit kommen sollte. Der Wohnkomplex war still, als sie die Treppe bis zu ihrem Stockwerk hinaufstieg. Sie klopfte an Marges Tür, doch erhielt keine Antwort. Komisch. Marge verließ selten das Haus – doch vielleicht hatte ihre Tochter, Eva, sie abgeholt, die momentan in der Stadt war. Emmy zuckte mit den Achseln und ging in ihre Wohnung.

In einer Sekunde veränderte sich alles. Ihre Nackenhaare stellten sich auf, bevor sie auch schon von hinten gepackt und durch den Raum geschleudert wurde. Sie rappelte sich auf, als ihr Angreifer schon wieder auf sie zukam und seine Faust hart auf ihren Kiefer traf. Emmy taumelte zurück, ihr Kopf schlug gegen den Türgriff, wodurch ihr schwindelig wurde und sie zu Boden sackte. Ihr Angreifer trat ihr kräftig in den Magen und sie stöhnte. Sie fummelte an ihrem Holster herum und rollte sich zu einer Kugel zusammen, um sich zu schützen. Sie hörte das Klicken einer Sicherung und ihr Adrenalin schoss in die Höhe. Sie drehte sich auf die Seite, zog die Pistole hervor und schoss auf ihren Angreifer, während der zurückschoss. Emmy fühlte das Stechen einer Kugel in ihrer Seite, doch sie wusste, dass es nur eine Fleischwunde war. Sie schaffte es, einen weiteren Schuss abzufeuern, der ihren Angreifer ins Handgelenk seiner Pistole haltenden Hand traf, woraufhin er laut fluchte, um sich trat und dabei ihre Stirn mit dem Absatz seines Stiefels erwischte.

Emmys Kopf wurde nach hinten geschleudert und sie spürte den Schmerz durch ihren Körper strömen. Ihr Angreifer trat die Pistole aus ihrer Hand und ließ sich auf die Knie fallen, seine gute Hand schloss sich um ihren Hals und drückte zu. Emmy röchelte und alles begann vor ihren Augen zu verschwimmen.

„Runter von ihr, du Hurensohn!"

Fast ohnmächtig hörte Emmy Tims Stimme, die voller Angst und Wut war, kurz bevor die Dunkelheit sich über sie legte.

15

KAPITEL FÜNFZEHN

Orin schrie. Orin schrie *niemals*. Doch heute war anders. Im Oval Office mit Kevin, Issa, Moxie und Peyton glühte Orin vor Wut. „Wie zur Hölle konnte das durchsickern? Ich hatte eindeutig angewiesen, dass das Embargo auf der Ellis-Sache bis Mitternacht gilt."

„Sir..." Issa sah bleich und erschüttert aus. Als Presse-Sekretärin war es ihr Job, sicherzugehen, dass nichts herauskam, was der Präsident nicht wollte, und sie hatte versagt. Wie das geschehen war, wusste sie nicht. Sie hatte der Presse nichts Offizielles mitgeteilt und auch keine strategischen Leak organisiert, was manchmal nötig war, wenn sensible Informationen bald an die Öffentlichkeit kamen. Die Begnadigung, oder Verweigerung derer, stand unter Verschluss und nun sah Issa betroffen und den Tränen nah aus.

„Sir, ich schwöre, dass ich keine Ahnung habe, wie es an die Öffentlichkeit gekommen sein kann. Wir haben es selbst vor unseren Mitarbeitern geheim gehalten."

Orin seufzte und rieb sich das Gesicht im Versuch, sich zu beruhigen. „Schaut... wer wusste es?"

„Du, ich, jeder hier im Raum. Lucas Harper. Charlie Hope."

Peyton schaute so wütend drein wie Orin sich fühlte. „Deine Sicherheitsleute. Nicht, dass ich denke, dass sie es waren."

„Aber wir können sie nicht ausschließen", fügte Kevin hinzu. „Wer war im Raum, als du letzte Woche die Entscheidung getroffen hast?"

Orin dachte nach und sein Herz zog sich zusammen. „Agentin Sati."

Es klopfte an der Tür. „Herein."

Jessica erschien mit grimmigem Gesicht. „Entschuldigen Sie die Unterbrechung, Mr. Präsident, aber Lucas Harper ist hier und besteht darauf, Sie zu sehen."

„Er soll hereinkommen, Jess. Danke."

Lucas Harper sah grün und krank aus. „Sir, entschuldigen Sie die Unterbrechung, aber es ist etwas passiert." Seine Stimme bebte und er zitterte vor Schock. Orin hatte ihn noch nie so gesehen.

„Lucas, setzen Sie sich, bevor Sie umkippen." Er nickte den anderen zu und entließ alle bis auf Moxie, die ging, um Lucas etwas Wasser zu holen.

„Was ist passiert, Lucas?"

„Sir, Martin Karlsson ist tot. Er wurde vor etwa dreißig Minuten ermordet vor seinem Haus aufgefunden."

„Oh Gott", stieß Orin aus. „Sind wir sicher, dass es Mord war?"

Lucas nickte. „Es wurde ihm in den Hinterkopf geschossen, Sir. Eine einzige Kugel. Und da ist noch etwas, was Sie wissen sollten. Vorher hatte er sich mit Agentin Sati zum Kaffee getroffen."

Orins Herz blieb stehen. „Was?"

Lucas nickte. „Auch Agentin Sati wurde in ihrer Wohnung attackiert."

Orin starrte ihn voller Horror an. „Ist sie in Ordnung?"

Einen Augenblick lang stand die Zeit still und Orin spürte sein Herz gegen die Rippen schlagen, bevor Lucas nickte.

„Ist sie in Ordnung?", wiederholte er und versuchte, die Verzweiflung nicht in seine Stimme kriechen zu lassen.

Lucas nickte. „Sie wurde ziemlich schlimm verprügelt und hat eine Fleischwunde durch eine Kugel erlitten, doch ansonsten ist sie in Ordnung. Es scheint als konnte sie den Angreifer entwaffnen, bevor sie bewusstlos geschlagen wurde. Dann tauchte ein Verwandter auf und half ihr. Ihr Angreifer ist in Gewahrsam."

„Ich will mit ihm sprechen."

Sowohl Moxie als auch Lucas schüttelten den Kopf. „Nein, Sir, es tut mir leid, aber das ist eine Sache des Verfassungsschutzes und wenn Sie einschreiten…"

Orin seufzte. „Wo ist Emmy jetzt?"

„Sie wurde im George-Washington-Krankenhaus behandelt, hat sich aber selbst entlassen."

„Ich möchte, dass sie geschützt wird", sagte Orin und versuchte, seine Stimme nicht zittern zu lassen. „Und ich möchte sie sehen."

Moxie und Lucas tauschten einen Blick aus, den Orin nicht lesen konnte. „Was?"

„Sir, das gehört zum Job von Agentin Sati."

„Das ist mir egal. Jemand hat versucht sie umzubringen und das nehme ich nicht auf die leichte Schulter. Sie gehört zur Familie." Er kaute auf seiner Lippe. „Ich möchte, dass sie für die nächsten Tage nach Camp David gebracht wird, um sich zu erholen. Wir werden selbst morgen Abend dort hinfahren."

„Ich werde Agentin Sati das Angebot unterbreiten, Sir, aber wie Sie verstehen werden, ist es ihre Entscheidung."

Orin nickte und hielt sich davon ab, es zu einem Befehl zu machen. Er wollte Emmy verzweifelt sehen, sie in den Armen halten und es brachte ihn fast um, nicht einfach sagen zu können, wie er sich fühlte. Stattdessen bedankte er sich bei Lucas.

Moxie blieb, nachdem Lucas gegangen war. „Vorsicht, Orin. Deine Gefühle für Emmy werden langsam bemerkbar."

„Im Moment ist mir das vollkommen egal", sagte er schlicht. „Himmel, Mox… sie ist verletzt und es ist meine Schuld. Was willst du wetten, dass das etwas mit der Verkündigung heute zu tun hatte?"

„Das können wir nicht wissen."

„Warum sonst sollte jemand sie angreifen?"

Moxie seufzte. „Okay. Aber schau, wir wissen kaum etwas über ihr Privatleben. Vielleicht war es ein alter Liebhaber –"

„Am gleichen Tag, an dem Karlsson umgebracht wurde?" Orin schaute skeptisch. „Am gleichen Tag, als sie zusammen einen Kaffee getrunken haben?" *Autsch. Was, wenn Emmy etwas mit Karlsson hatte? Darum geht es gerade nicht, du Idiot.*

Moxie starrte ihren Freund an. „Gut. Aber sie nach Camp David bringen?"

Orin schüttelte den Kopf. „Ich will sie sehen und das schien die beste Möglichkeit dazu zu sein."

Moxie stand auf und ging zu ihrem Freund. „Schau. Ich weiß, was du für Emmy Sati empfindest und ich weiß, dass du versucht hast, diese Gefühle unter Verschluss zu halten. Vielleicht wird es Zeit, dass wir einen anderen Ansatz versuchen."

„Was für einen?"

„Wenn ihr beide im Camp David seid und beide das Gleiche wollt... dann gibt es da Wege."

Orin wusste, dass er sofort ablehnen sollte, es nicht einmal in Betracht ziehen. Doch sein Mund öffnete sich und heraus kamen die Worte: „Leite es in die Wege, Mox."

EMMY HÖRTE RUHIG ZU, als Lucas ihr erzählte, dass sie nach Camp David gebracht wurde, doch im Inneren wirbelten ihre Emotionen durcheinander. Angst, Aufregung, Zögern... der Gedanke daran, Orin zu sehen, war schön, doch sie sagte sich selbst, dass das nur an der möglichen Gehirnerschütterung lag. Ihr Körper schmerzte, ihr Kopf tat weh, doch abgesehen davon ging es ihr gut.

Tim hingegen war etwas niedergeschlagen. Er saß bei ihr, als der Arzt sie zum Abschluss noch einmal durchcheckte. „Also musst du jetzt nach Camp David?"

„Ich muss nicht, aber wenn mein Boss mich dort haben will..."

„Du wurdest gerade erst zusammengeschlagen, Em. Das werden sie sich doch noch einmal überlegen können?"

„Ich denke, dass es eher um meinen eigenen Schutz geht."

Tims Schultern entspannten sich. „Ach so. Na in dem Fall..."

Emmy griff nach seiner Hand. „Tim... du hast mir das Leben gerettet. Das werde ich niemals vergessen."

„Das war das Mindeste, was ich tun konnte, und du hattest schon die Schwerarbeit geleistet, bevor ich ankam. Der Typ war fertig."

„Tim, er war dabei mich zu erdrosseln. Du hast ihn aufgehalten." Emmy griff sich unwillkürlich an den schmerzenden und mit Blutergüssen übersäten Hals. Das war das Furchteinflößendste an der ganzen Sache gewesen und alles, woran sie denken konnte, war, dass sie Orin Bennett nie wiedersehen würde. „Hör zu, wenn ich in Camp David bin und du noch in Washington, könntest du mir einen Gefallen tun und ab und zu bei Marge vorbeischauen?"

„Aber sicher." Tim küsste ihr die Stirn und schaute sich dann um, als Duke und Lucas zurückkehrten. „Leute, kümmert euch gut um meine... Schwester", beendete er lächelnd den Satz und Emmy wusste sofort, dass er Recht hatte. Sie waren sich so nah gekommen, fast wie Geschwister und nun wusste sie mit einer angenehmen Aufregung: Sie hatte eine Familie.

Tim verabschiedete sich und Emmy versprach, ihn bald anzurufen. „Das rate ich dir auch."

Duke grinste Emmy an. „Hey, Faullenzerin."

„Hey, Loser."

Sogar Lucas lächelte über ihre Neckerei. „Also, Duke ist dein Taxifahrer nach Camp David. Deine Wohnung wurde gesichert, also kannst du hinein, um eine Tasche zu packen und alles mitzunehmen, was du brauchst."

Emmy nickte. „Danke, Lucas. Hör zu, ich kann arbeiten. Mir geht es gut. Also während ich in Camp David bin..."

„Während du dort bist, kannst du leichte Aufgaben übernehmen." Lucas versuchte, seinen strengsten Blick aufzusetzen. „Und ich meine *leicht*. Keine Bewachung oder körperlichen Sachen. Mindestens eine Woche lang."

„Aber kann ich bei den Untersuchungen helfen?" Sie sah so hilflos aus, dass Duke und Lucas lachen mussten.

„Ja, Agentin Workaholic, dabei kannst du helfen." Lucas lächelte sie mit fragenden Augen an. „Bist du sicher, dass du nicht zum FBI wechseln willst?"

Sowohl Duke als auch Emmy machten einen abwertenden Laut, die die Rivalität zwischen den beiden Agenturen widerspiegelte, und Lucas versuchte scheltend zu schauen, schaffte es jedoch nicht. „Okay, also dann. Das Auto ist draußen, wenn ihr so weit seid. Der Präsident will dich sehen, sobald du ankommst, wenn du dafür bereit bist."

„Natürlich, Sir."

Emmy entschuldigte sich, um zur Toilette zu gehen, und schaute sich unglücklich im Spiegel an. Ein dunkler Bluterguss erschien langsam auf ihrer Stirn und ihr Gesicht war voller Kratzer und Schnitte. Auch auf ihrem Kinn wurde ein Bluterguss gerade lila. „Oh Gott, du siehst furchteinflößend aus."

Im Auto schaute Duke zu ihr herüber. „Hey, bist du in Ordnung? Eine Menge Leute haben sich Sorgen um dich gemacht."

„Alles in Ordnung. Es tut mir leid um Martin Karlsson. Unter seiner fanatischen Unterstützung von Brookes Ellis war er ein netter Kerl."

Duke nickte. „Ja, ich denke, da hast du recht."

„Was mich zu der Frage führt, wieso ihn jemand tot sehen wollte."

„Worüber habt ihr zwei gesprochen?"

„Nur Max Neal und seine Zeit in Princeton. Wir wissen jetzt, dass es eine undichte Stelle im Weißen Haus gibt und ich denke... ich könnte eine Spur haben."

Dukes Augenbrauen schossen in die Höhe. „Wer?"

Emmy zögerte. „Kevin McKee." Sie wartete auf seine Reaktion.

Dukes Schultern fielen zusammen. „Em... du kannst nicht diejenige sein, die... Gott, Em, wenn irgendwer herausfindet, dass du Untersuchungen über McKee anstellst, würden sie keine Agentin sehen, sondern eine wütende Frau, die einen Grund sucht, um ihn für den Tod ihres Verlobten zu bestrafen."

„Ich weiß, ich weiß. Deshalb erzähle ich es auch dir und nicht Lucas. Hilf mir, Duke. Vielleicht liege ich sehr, sehr daneben, aber es gibt eine schulische Verbindung zwischen McKee und Neal und ich möchte herausfinden, ob da mehr hinter steckt."

Duke dachte darüber nach. „Okay, aber du weißt, dass das ziemlich weit hergeholt ist, ja?"

„Das weiß ich, aber momentan haben wir kaum andere Anhaltspunkte."

Duke nickte und sie fuhren eine Weile lang in Stille, bevor er wieder sprach. „Em... können wir über den Elefanten im Raum sprechen?"

„Und zwar?"

„Der Typ, Tim..."

„Ja, Zachs Cousin."

„Habt ihr zwei etwas am Laufen?"

Emmy machte es nichts aus, dass Duke fragte. Es musste komisch für ihn sein, plötzlich jemandem gegenüber zu stehen, der seinem toten Freund ähnelte. „Eindeutig nicht. Tim ist wie ein Bruder für mich geworden. Ich werde nicht verleugnen, dass wir uns anfangs vielleicht gegenseitig ganz gut fanden, aber nein. Nur Freunde. Und er hat mein Leben gerettet, so viel dazu."

„Oh ja, er scheint ein guter Typ zu sein."

„Das ist er."

Sie lächelten sich an. „Gute Gene."

„Ja, ich denke, er und Zach haben den Anteil der ganzen Familie abbekommen."

„Allerdings."

Emmy seufzte. „Duke... denkst du, dass es ein bisschen komisch ist, dass der Präsident einen Agenten zur Erholung nach Camp David holt?"

Duke grinste und sie grinste zurück. „Was?"

„Einen Agenten, ja. Dich? Nein. Komm schon, Emmy. Er ist in dich verliebt. Diese nächtlichen Unterhaltungen?"

„Nichts ist je passiert." Nicht ganz gelogen...

„Das weiß ich, Em. Ich kenne dich. Aber lass uns ehrlich sein. Der Präsi mag dich sehr. Du weißt, dass er letztens jemanden zum Abendessen dort hatte, ein Date?"

Autsch. Eifersucht durchfuhr sie, doch Emmy schob sie beiseite. „Nein, wusste ich nicht."

„Es heißt, obwohl die Frau toll war, lieft nichts, weil der Präsi bereits in wen anderes verguckt ist."

„Duke, wenn Lucas jemals etwas davon mitbekommt…"

„Lucas ist Erwachsen", sagte Duke schlicht, „und diese Sachen passieren. Naja, ich habe genug dazu gesagt."

ALS SIE CAMP DAVID ERREICHTEN, begleitete Duke sie zur Aspen Lodge und ließ sie dann mit einem Augenzwinkern mit Moxie Chatelaine allein, um auf Orin Bennett zu warten. Moxie umarmte sie.

„Gott, du hast uns allen Angst eingejagt."

„Tut mir leid, Mox." Emmy atmete tief ein „Du… wieso?"

Moxie lächelte. „Ich denke, du kennst die Antwort, Emmy. Schau, ich habe Orin gesagt, dass ich mit dir sprechen will, bevor er kommt. Er war beleidigt", kicherte sie und Emmy lachte, „aber er hat zugestimmt, weil das hier… noch nie dagewesen ist. Und wenn er die Situation falsch versteht, will ich dich nicht in eine unangenehme Position bringen."

„Das tut er nicht." Emmys Stimme war ruhig, aber fest. „Er versteht die Situation nicht falsch."

Moxie tätschelte ihr die Hand. „Dann… kann ich ihn hereinbeten?"

„Ja."

Moxie lächelte. „Dann bekommen wir das schon hin, Em. Mach dir keine Sorgen. Auch nicht um Lucas oder deinen Job. Vor allem diese Woche… sei einfach nur du. Niemand wird dir Fragen stellen."

Emmy schluckte schwer. "Okay." Ihre Fassung brach zusammen. „Was tue ich nur?"

„Das Natürlichste auf der Welt, Emmy. Du kannst dir nicht aussuchen, wen du liebst."

Emmy nickte. „Ich weiß."

„Deshalb wollte er hierherkommen. Hier könnt ihr die Welt aussperren. Hier könnt ihr zusammen sein."

Emmy spürte, wie sie die Augen aufriss, da sie nicht glauben konnte, was sie hörte – oder was sie nun tun würde. „Wie?"

Und dann hörte sie seine Stimme hinter sich und sie stand auf. Orin Bennett lächelte sie an.

„Weil es ein *paar* Vorteile hat, Präsident zu sein, meine liebe Emmy."

KAPITEL SECHZEHN

Moxie lächelte sie beide an und verließ dann still die Lodge.
Orin betrachtete sie. „Gott, dein armes Gesicht."
„Ich bin schon in Ordnung." Emmys Stimme war kratzig und ihr Herz schlug viel zu schnell, doch dann durchquerte Orin den Raum und nahm sie fest in die Arme. Sein Mund legte sich auf den ihren und Emmys ganzer Körper kribbelte, als sie sich küssten.

„Gott, Emmy, wenn etwas passiert wäre, wenn er dich umgebracht hätte..." Orin stöhnte und seine Finger glitten in ihre Haare. Emmy sank in die Umarmung, ihre Abwehrhaltung war vollkommen weggeschmolzen.

„Mir geht es gut, mir geht es gut", murmelte sie gegen seine Lippen.

Als sie sich endlich beide schwer atmend voneinander lösten, zogen sich Orins Arme enger um sie.

„Ich bin verrückt nach dir, Emmy Sati. Um Himmels Willen, ich will weder deine, noch meine Karriere riskieren, doch ich kann nicht aufhören, an dich zu denken."

Emmy kämpfte mit ihren eigenen Gefühlen, doch dann sackten ihre Schultern herunter. „Ich fühle das gleiche und das bereitet mir einen Gewissenskonflikt. Ich will dich, Orin, wirklich, aber du bist mein Chef."

Orin streichelte mit dem Rücken seiner Finger über ihre Wange. „Wir sind verrückt, ich weiß."

„Wenn dir etwas passieren würde, während ich auf dich aufpassen sollte..."

Seine Lippen lagen wieder auf ihren und diesmal entzog sie sich nicht. Der Kuss ging weiter und weiter und Orin zog sie näher und näher. Sie spürte seine Erektion, heiß und lang gegen ihren Bauch und es erregte sie. Wenn er sie hier und jetzt ficken wollte, würde sie ihn nicht stoppen. Verdammt, jede einzelne Faser ihres Körpers wollte genau das.

"Emmy..." Sie lösten sich endlich voneinander, nach Sauerstoff ringend, und Orin legte seine Stirn gegen die ihre. „Emmy, Mox hat mir gesagt..."

„Dass es Wege gibt. Das hat sie gesagt. Es gibt *Wege*." Sie fühlte sich, als würde sie von einer Klippe springen, doch momentan war es Emmy einfach egal.

Orin nickte. „Genau. Bist du dir sicher, Emmy?"

Scheiß drauf. „Ja."

Er küsste sie mit einem Lächeln. „Wir werden eine Lösung finden. Ich schwöre, dass wir deinem Job nicht in die Quere kommen werden. Oder meinem."

„Orin, bitte versprich mir etwas. Nur wenn ich nicht im Dienst bin. Wenn ich Dienst habe, sind wir absolut professionell. Ich kann nicht mit dem Gedanken leben, dass dir etwas passiert, weil ich davon abgelenkt bin, was ich für dich fühle. Das bin nicht ich. Ich bin gut in meinem Job."

„Du bist *großartig* in deinem Job, Emmy, obwohl ich mir nicht vorstellen kann, dich eine Kugel für mich abfangen zu lassen."

„Das ist genau, was mich zögern lässt. Das ist mein *Job*, Orin. Wenn es passiert, wirst du mich genau das tun lassen. Das ist nicht verhandelbar."

Er seufzte, nickte aber. „Ich werde einfach sichergehen müssen, dass niemand auf mich schießt." Er lächelte sie an und sie entspannte sich.

„Das wirst du."

Sie saßen einen Moment lang mit verschlungenen Fingern da. „Ich hasse, das sagen zu müssen, aber ich muss jetzt in eine Sitzung." Er seufzte. „Emmy, komm heute Abend auf einen Drink zu mir, hier in die Aspen Lodge – und bleibe. Es muss nichts passieren, wenn du nicht willst."

Ihre Blicke trafen sich. „Ich will. Ich will, dass es passiert."

Orins Lächeln war sanft, liebevoll. „Ich auch."

Emmy lehnte sich an ihn und er küsste ihre Stirn. „Wie um Himmels Willen soll das funktionieren?"

„Glaubhafte Bestreitbarkeit, Emmy."

Sie lächelte zu ihm hinauf und er fuhr mit seinen Lippen noch einmal über ihre. Gott, es fühlte sich so richtig an, nah bei ihm zu sein. „Ich sollte gehen."

„Natürlich. Bis später dann."

„Bis später."

ALS SIE ALLEIN IN ihrer eigenen Hütte war, kam Emmy zurück auf den Boden der Tatsachen. Was zum Teufel war gerade passiert? Hatte sie zugestimmt, die Geliebte des Präsidenten zu sein? Was hatte sie sich dabei gedacht?

Duke kam später vorbei, um nach ihr zu sehen, und gemeinsam gingen sie zum Abendessen, auch wenn Emmy keinen Hunger hatte. Emmy sah den Präsidenten am vordersten Tisch sitzen und mit Mox sprechen. Sie schaute schnell weg, da sie nicht rot werden oder etwas verraten wollte. Trotzdem bekam sie einen Schock, als sie allein mit Duke auf dem Rückweg war.

„Also", sagte Duke mit leiserer Stimme als gewöhnlich, „der Plan ist folgender. Du kommst um neun Uhr zu meiner Hütte. Mox und der Präsi werden ihren üblichen Abendspaziergang machen. Der Präsi wird die gleichen Klamotten tragen wie ich und wir tauschen Rollen. Der Präsi kommt zu dir."

Emmy blieb bis ins Mark erschüttert stehen. „Du weißt davon?"

Duke grinste. „Natürlich weiß ich davon. Moxie und ich haben Pläne geschmiedet." Er beobachtete Emmys Reaktion. „Keine Sorge, wir haben alles unter Kontrolle."

Emmy blinzelte und schüttelte mit dem Kopf. „Ich wusste schon immer, dass du ein Zuhälter bist."

Duke lachte laut auf, was etwas Aufmerksamkeit anzog, woraufhin er sie von den anderen wegsteuerte. „Verdammt, genieße es einfach. Ihr seid zwei Menschen, die sich zu einander hingezogen fühlen. Vergiss den Job eine Nacht lang. Stille deinen Durst."

D<small>EN GANZEN</small> A<small>BEND</small> lang wartete Emmy darauf, dass ihr jemand sagen würde, dass es alles nur ein Scherz war, doch sie ging trotzdem um neun Uhr zu Dukes Hütte. Duke grinste sie an. „Kondome sind im Nachttisch", sagte er, woraufhin sie rot anlief.

Allein wartete sie darauf, dass Orin zu ihr kam. Tat sie das wirklich? Sie sagte sich selbst, dass es egal war, dass sie sich vor einer Stunde geduscht und rasiert hatte. Gedanken an Zach kamen ihr in den Kopf und sie überlegte es sich beinah anders. Sie wusste, dass er niemals ihr Glück verurteilt hätte, doch hätte er sie für unverantwortlich gehalten?

Es klopfte leise an der Tür, sie atmete tief durch und öffnete die Tür. Orin kam lächelnd herein. „Hey, du."

„Hey." Ihre Stimme war brüchig und um sich von ihrer Nervosität abzulenken, schloss sie die Tür ab. Orin nahm ihre Hand und führte sie ins Wohnzimmer, bevor er sie mit sich aufs Sofa zog. „Hab keine Angst, Emmy. Es muss nichts passieren, wenn du nicht möchtest."

Sie schaute ihn an und lehnte sich dann vor. Sobald sich ihre Lippen berührten, waren alle Zweifel verflogen. Sie küssten sich zuerst sanft, dann, als Orins Finger sich in ihr Haar gruben und ihre Zungen einander liebkosten, presste Emmy sich auf dem Sofa an ihn. „Bitte, berühr mich", flüsterte sie und er lächelte, während er seine Arme um ihre Taille gleiten ließ.

Emmy ließ ihre Hand in seinen Schoß gleiten und fasste seinen langen, dicken Schwanz durch seine Hose hindurch an, woraufhin er vor Erregung stöhnte. *Jetzt gibt es kein Zurück.*

„Ich werde dich jetzt mit ins Bett nehmen, schöne Emmy."

Sie nickte und er stand auf und hob sie mühelos hoch, um sie ins Schlafzimmer zu tragen. Als er sie abgesetzt hatte, begann er, ihr Kleid aufzuknöpfen, während sie ihm das Hemd aus der Hose zog. Ihre Blicke trafen sich und sie lachten beide. „Kannst du glauben, dass das gerade passiert?"

Sie schüttelte den Kopf. „Nein, aber ich wehre mich nicht mehr."

Orin lachte und wickelte sie aus ihrem Kleid. Als er ihren Körper sah, atmete er scharf ein. „Emmy, du bist umwerfend..."

Sie brachte ihn mit ihrem Mund zum Schweigen und öffnete dabei sein Hemd, dann küsste sie seine feste Brust, während er mit ihrem BH kämpfte. Sie grinste, als er leise fluchte, dann griff sie nach hinten, um ihn zu öffnen. „Männer und BHs. Du kannst die Welt regieren, aber ein ziemlich normaler BH-Verschluss..."

Orin lachte und riss sie dann mit sich aufs Bett, wo er ihren Körper mit seinem bedeckte. Er fuhr langsam mit der Hand über ihren Bauch. „Ich habe hiervon geträumt seit wir uns zum ersten Mal gesehen haben."

Emmy schaute ihn spielerisch böse an. „Mr. Präsident, du musst dich um ein Land kümmern."

Orin grinste. „Und als dein Präsident muss ich dir sagen, dass ich vorhabe, deinen Süden zu erobern..."

Während er an ihrem Körper hinabglitt, kicherte Emmy. „Das war so ein schlechter Witz, so, so...*oh!*"

Sein Mund war auf ihrer Muschi, seine Finger hatten bereits ihr Höschen heruntergezogen und während seine Zunge über ihre Klit fuhr, begann Emmy zu zittern und gab den Rest der Kontrolle auf.

Orin Bennett, entschied sie, war ein *spektakulärer* Liebhaber. Er brachte sie zum Kommen, indem er seine Zunge über ihre Klit rieb, bis sie seinen Namen schrie und nicht mehr gerade denken konnte.

Während sie nach Atem rang, nahm er nun ihre Nippel in den Mund, immer abwechselnd, und knabberte und leckte an ihnen, bis sie nahezu unerträglich sensibel waren. Emmy hielt seinen Schwanz in ihren Händen und streichelte und massierte ihn gegen ihren Bauch, bis er steinhart war und bebte.

Sie half ihm, ein Kondom auf seinen großen Schwanz zu rollen und er legte ihre Beine um seine Hüften. Er schaute mit sanften Augen zu ihr herunter. „Ein letztes Mal... bist du sicher?"

Emmy nickte und mit einem langen Stoß war Orin in ihr, wobei beide vor Erleichterung darüber seufzten, dass die Spannung zwischen ihnen sich abbaute. Sie bewegten sich zusammen, Emmy legte ihre Beine fester um ihn, während sein Schwanz sich tiefer und tiefer in ihr vergrub. Sie küssten sich, während sie atemlos und lächelnd mit einander schliefen. Ihre Körper passten so perfekt zusammen, dass Emmy kaum glauben konnte, dass es ihr erstes gemeinsames Mal war.

Sie fühlte sich so klein und zart neben seinem großen Körper und das war ein Gefühl, das sie nicht kannte. Merkwürdigerweise fühlte sie sich sicher bei ihm, obwohl es *ihr* Job war, *ihn* zu beschützen. Das sagte sie ihm auch. „Gut. Ich möchte, dass du dich sicher fühlst. Es bringt mich um, dass es dein Job ist, mich zu beschützen, aber ich bin selbstsüchtig. Ich will dich in meiner Nähe haben."

Keiner von ihnen sprach weiter, als sie sich gegenseitig zu einem explosiven, alles verschlingenden Orgasmus brachten. Emmy ließ los, verlor sich in den Armen dieses Mannes, krallte sich in seinen Rücken und küsste ihn leidenschaftlich. Orin dominierte ihren Körper als sie sich dem Höhepunkt näherte und als er seine Hand nach unten gleiten ließ und ihre Klit massierte, kam sie. Ihr Rücken drückte sich durch, ihr Kopf fiel nach hinten und sie rang nach Luft, während sie kam und ihr Körper von Gefühlen überflutet wurde.

„Gott, Orin... *Orin...*"

Er vergrub sein Gesicht an ihrem Hals, seine Lippen lagen an ihrer Haut, als er kam und ihren Namen leise, aber so intensiv stöhnte, dass es sie anmachte. Während sie sich erholten, legte er sie in seine Arme und seine Augen glänzten. „Du hast diesen alten Mann sehr glücklich gemacht, Emmy."

Sie lachte. „Nicht so alt."

Er strich ihr das Haar aus dem Gesicht. „Danke, dass du mir

vertraust, Em. Mir ist klar, dass das hier als Machtmissbrauch meinerseits ausgelegt werden könnte. Wenn du jemals das Gefühl hast, dass..."

„Das werde ich nicht. Ich habe meinen eigenen Willen, Orin." Sie seufzte. „Und ich meinte ernst, was ich gesagt habe. Wenn ich Dienst habe, ist das hier niemals geschehen."

„Verstanden. Und schau, nur Mox und dein Freund Duke wissen davon. Wir werden es dabei lassen. Vorerst."

Emmy lächelte etwas erleichtert. Orin küsste sie und ging ins Badezimmer, um sich um das benutzte Kondom zu kümmern.

Ich habe gerade den Präsidenten der Vereinigten Staaten gefickt. Sie starrte die Decke an. Sie wusste, sie sollte – was? Sich schämen? Nichts lag ihr ferner. Es hatte sich so richtig angefühlt. Logisch betrachtet waren sie und Orin beide Single – nein. Emmy wusste, dass sie leichtsinnig und dumm gewesen war und ihren Job in Gefahr gebracht hatte, doch sie konnte keine Sekunde mit diesem Mann bereuen.

Sie spürte seinen Blick auf ihr. Er lehnte im Türrahmen des Badezimmers und schaute sie an. „Gott, du bist wunderschön", sagte er mit sanfter Stimme. „Schau dich nur an."

Er kam zurück ins Bett und legte sich neben sie, um mit der Hand über ihren Körper zu streichen. „Jeder Zentimeter von dir." Er fuhr mit seinen Lippen ihren Kiefer entlang, dann küsste er die Kuhle an ihrem Schlüsselbein, bevor er den Kopf aufstütze. „Wir können das hinbekommen, Emmy."

Sie wusste nicht genau, was er mit ‚das' meinte, aber vorerst nahm sie an, dass er sich darauf bezog, miteinander zu schlafen, auch wenn sie nicht wusste, wie das im Weißen Haus funktionieren sollte."

Doch dann wurde ihre Aufmerksamkeit von Orin abgelenkt, der wieder begann Liebe mit ihr zu machen, und Emmy wusste, was auch immer geschah, ihr Leben hatte sich für immer verändert.

17

KAPITEL SIEBZEHN

Orin nickte und grummelte sich durch sein Morgen-Briefing und hoffte, dass es nichts allzu Ernstes enthielt. Danach kicherte Moxie, als sie zurück zur Aspen-Lodge gingen. „Hast du irgendetwas davon mitbekommen?"

„Sei nicht so streng, Mox, ich bin kaputt." Doch er grinste. „Es ist nicht leicht, der Anführer der freien Welt zu sein."

Moxie lachte laut auf. „Vor allem, wenn man, ähm, die ganze Nacht auf war."

„Mox."

„Oh, komm schon!" Gib mir ein paar Details. Ich habe es schließlich für dich in die Wege geleitet."

Orin lachte. „Das hast du." Er rieb sich die Augen. „Wenn du dachtest, dass es mir helfen würde, über sie hinwegzukommen, lagst du falsch. Ich bin verrückt nach ihr, Mox."

„Das weiß ich doch, du Doofi. Wieso glaubst du, habe ich das angeleiert?" Moxie lächelte, doch dann verschwand ihr Lächeln. „Aber es wird sehr viel schwerer werden, wenn wir im Weißen Haus sind. Wir werden vielleicht mehr Alliierte benötigen."

Orin schüttelte den Kopf. „Nein. Ich habe es Emmy versprochen. Niemand sonst weiß es. Wenn Lucas Harper davon erfährt…"

Moxies Gesicht verdüsterte sich. „Orin... alles hat seinen Preis. Wenn diese Sache mit Emmy mehr als nur eine kleine Affäre ist, dann werdet ihr Entscheidungen treffen müssen. Sie weiß, dass sie dich nicht beschützen können wird und du? Ich weiß – du würdest lieber selbst sterben als dass jemand, der dir wichtig ist, sich für dich opfert."

„Gott." Orin ließ sich schwer auf einen Stuhl fallen. „Es ist ihre *Karriere*, Mox. Wie kann ich sie darum bitten, die aufzugeben? Wie unglaublich selbstsüchtig wäre das?"

„Das kannst du nicht. Aber diese Sache kann nicht mehr als Sex sein. Verliebe dich nicht in sie."

„Mox, dir ist schon klar, dass du mich ermutigt hast? Und nun sagst du mir, ich soll mich zurücknehmen? Was, wenn ich mehr möchte?"

„Dann verliert Emmy ihren Job und wird womöglich sogar strafverfolgt, weil sie mit ihrem Schützling geschlafen hat."

Orin stöhnte. „Scheiße, Mox..."

„Du musstest flachgelegt werden und mochtest sie. Emmy mag dich auch. Ihr seid Erwachsene. Aber wenn es ernst wird..."

„Ich habe es kapiert."

Moxie stand auf und tätschelte ihm die Schulter. „Ich sage ja nicht, dass du nicht glücklich sein kannst, aber ihr müsst beide realistisch sein. Wenn du und Emmy mehr wollt, wird einer von euch beiden seinen Job aufgeben müssen. Ich will dir die Sache nicht miesmachen, es ist nur, dass ich noch nie diesen Blick in deinen Augen gesehen habe."

Orin zog die Augenbrauen hoch. „Welchen Blick?"

Moxie lächelte ihn mit sanften Augen an. „Liebe, Orin. Liebe."

EMMY FÜHLTE SICH ÄHNLICH UNWOHL, als Lucas kam, um zu sehen, wie es ihr ging. Sie setzte sich zu ihm, ihre Schenkel schmerzten immer noch von dem Sexmarathon mit *ihrem Chef*, sie fühlte sich schuldig, beschämt und unglaublich unprofessionell.

Doch sie bereute nichts. Letzte Nacht war die erotischste, sensationellste Nacht ihres Lebens gewesen und sie wusste, dass sie nicht loslassen konnte. Noch jetzt erinnerte sie sich daran, wie sein Mund sich um ihren Nippel schloss oder seine langen, warmen Finger ihre Klit streichelten, bis sie steinhart war und ihre Vagina von Verlangen überflutet wurde. Wie sein langer, dicker, unglaublicher Schwanz in sie hinein und aus ihr hinaus glitt... Emmy biss sich auf die Lippe und versuchte, sich wieder auf Lucas zu konzentrieren.

Ihr Chef hatte einen Stapel Papiere in der Hand. „Die Personalbögen aller Angestellten des Weißen Hauses. Alle, einschließlich des Präsidenten. Du wolltest sie. Hier hast du sie. Finde jede Verbindung, egal wie schwach."

„Ehrlich gesagt habe ich bereits eine."

Lucas seufzte. „Ich weiß. Em... Kevin McKee wurde hoch und runter durchgekämmt. Er war es, der Präsident Bennett dazu überredete, zu kandidieren. McKee wird in großen Teilen der Wahlsieg des Präsidenten zugeschrieben."

„Das ist keine undurchdachte Idee, Lucas. Er war auf Princeton, genau wie Max Neal und Martin Karlsson."

Lucas seufzte und hob die Hände. „Gut. Aber schau. Wenn du irgendwas herausfindest, komm zu mir. Wir können nicht das Risiko eingehen, dass das Gerücht einer Hexenjagd wegen Zach aufkommt. *Ich* weiß, dass das nicht der Fall ist", fügte er schnell hinzu, als er den grimmigen Ausdruck auf Emmys Gesicht sah, „aber es ist eine Gefahr."

"In Ordnung."

ALS LUCAS WEG WAR, machte Emmy sich einen Tee, setzte sich mit den Akten hin und versuchte, sich zu konzentrieren. Alle paar Minuten wanderten ihre Gedanken jedoch zu Orins Fingern auf ihrer Haut, seinen sanften Liebkosungen, seiner meisterhaften Art sie zu ficken... *verdammt.* Emmy schloss die Augen und atmete zittrig aus. Sie hatte kein bisschen geschlafen, doch sie hatte sich noch nie so lebendig gefühlt, so wach.

Sie nahm Orins Akte in die Hand, da sie sich nicht zurückhalten konnte, doch sie erfuhr nichts daraus, was sie nicht bereits gewusst hatte. Tatsächlich, dachte sie grinsend, weiß ich mehr über ihn als je in dieser Akte stehen wird.

Leise lachend stellte sie sich vor, wie sie die Akte ergänzen konnte.

ORIN BENNETTS *militärischem und politischem Können stehen die enorme Größe seines Schwanzes und sein exzellentes und energetisches Liebe-Machen in nichts nach. Er ist zudem überdurchschnittlich charmant und sexy und kann eine Frau zum Kommen bringen, nur indem sie ihn anschaut.*

EMMY MUSSTE LOSPRUSTEN. Sie konnte sich vorstellen, wie die Agentur all das liebend gerne wissen wollte. Sie legte Orins Akte ab und nahm Kevin McKees in die Hand.

Sie hatte nicht viel mit dem Mann zu tun gehabt, da sie wegen seiner Verbindung zu Zachs Tod nie zu ihm eingeteilt worden war. Davor hatte sie ihn kaum wahrgenommen. Für Emmy war er nur ein weiterer Vanille-Schönling, der sein Aussehen und Charm benutzte, um zu bekommen, was er wollte, ansonsten aber sehr harmlos war. Sie las seine Uni-Noten durch. Abschluss *magna cum laude* in Politikwissenschaften, Jahrgangsbester, wonach er zur Harvard Law wechselte.

Sein erster Job war Junior Partner bei Dewy, Random and Lesser in New York, bevor er weniger als ein Jahr später richtiger Partner wurde. Seine Familie hatte altes Geld aus Hampshire. Emmy verdrehte die Augen. „Schönlinge mit allen Vorteilen."

McKee suchte Orin Bennett auf nach Orins erfolgreicher Kandidatur für den Kongress und bot an, seine Präsidentschaftskandidatur zu organisieren, wofür er eigentlich nur einen Kommunikations Job bekommen wollte.

Emmy seufzte. Nichts Außergewöhnliches. Sie griff nach ihrem Laptop und tippte ‚Geheime Gemeinschaften in Princeton'. Sie wusste, dass geheime Gemeinschaften eigentlich verboten waren, was auf Woodrow Wilson zurückging, doch das bedeutete nicht, dass sie nicht existierten. Sie las alles über die bekannten Gemeinschaften, doch konnte keinen Hinweis darauf finden, dass McKee, Karlsson oder Neal je Mitglieder gewesen waren. Sie musste tiefer als eine Google-Suche graben.

Ihr privates Handy vibrierte, sie schaute darauf und lächelte. *Kann mich schlecht konzentrieren, während Beamte mich über Atomwaffen unterrichten. Wenn die Welt untergeht, ist es deine Schuld. O.*

Emmy kicherte. *Naja, wenn die Drei-Minuten-Warnung kommt, habe ich eine Idee, wie wir die Zeit verbringen könnten...*

Sie lachte laut, als die Antwort kam. *Zweimal.*

Sie liebte, dass Orin überhaupt kein aufgeblasenes Ego hatte, er war wirklich ein ungewöhnlicher Präsident.

Was sie auf eine Idee brachte. Vielleicht hatte sie alles ganz falsch betrachtet. Sie sollte versuchen, die Mitglieder der aktuellen Organisation in Verbindung mit der alten Administration bringen. Sie holte eine Akte über Brookes Ellis' Personal und versuchte, sie mit irgendeinem der Mitglieder aus Orins engstem Kreis in Verbindung zu bringen. Gar nicht mal so einfach, dachte sie eine halbe Stunde später. Irgendjemand war schmutzig, das wusste sie und ihr Bauchgefühl sagte ihr, dass es McKee war.

Zur Mittagszeit ging sie in den Speisesaal. Ein kurzer Blick um sie sagte ihr, dass Orin noch nicht dort war, und sowieso konnte sie sich nicht zu ihm setzen. Sie nahm sich einen Teller und ging zum Buffet.

„Hey, Agentin Sati."

Da war er. Emmy setzte ein Lächeln auf, bevor sie sich umdrehte, um Kevin McKee hinter sich in der Schlange zu sehen. „Mr. McKee."

„Komm schon, Emmy, wir sind nicht im Dienst. Ich bin Kevin. Wie geht es dir? Die Blutergüsse sehen schmerzhaft aus."

„Ist schon in Ordnung, mir geht es gut."

„Ich habe gehört, dass du dem Angreifer in den Arsch getreten hast."

„Mit Hilfe." Emmy mochte nicht, wie er sie anschaute – aber vielleicht fühlte sie sich nur schuldig, weil sie ihn verdächtigte. Sein

Lächeln war recht freundlich und es lag sogar etwas Bewunderung in seinen Augen.

„Stell dein Licht nicht unter den Scheffel. Komm, setz dich zu mir und erzähl mir davon. Die Nachricht, dass ein Agent angegriffen wurde, ist leider durchgesickert und die Presse ist bereits am Spekulieren."

„Bringen sie meinen Angriff mit Karlssons Mord in Zusammenhang?"

„Das tun sie."

Emmy seufzte. Sie fanden einen Tisch und setzten sich, um zu essen. Vielleicht war das ihre Chance, um etwas über Kevins Hintergrund herauszufinden. Doch als sie zu essen begannen, verlor Emmy plötzlich den Appetit, als Kevin zu sprechen anfing.

„Hör zu, ich wollte schon länger mit dir sprechen. Wegen Zach. Gott, Emmy, ich kann dir gar nicht sagen, wie sehr es mir leidtut. Er war so ein guter Kerl – der beste."

Mit trockenem Mund legte Emmy die Gabel ab und nickte. „Danke. Das war er."

„Ich muss immer noch an den Tag denken, an dem er gestorben ist. Der Angreifer kam aus dem Nichts und zuerst wussten wir nicht, dass Zach getroffen worden war."

Emmys Hände zitterten. Sie hatte nie nach den Details des Tages gefragt. Es war genug gewesen, damit klarzukommen, dass Zach nie wiederkommen würde. Jetzt wollte sie jedoch nicht, dass Kevin aufhörte zu sprechen. Sie brauchte diese Informationen, um endlich abzuschließen und mit ihrem Leben fortfahren zu können. „Was genau ist passiert?", fragte sie mit leicht gebrochener Stimme.

Kevin seufzte. „Wir waren in Foggy Bottom, ein Treffen beim Watergate. Nichts Großartiges. Ich glaube, es ging um einen Vortrag, den wir mit einer Umweltgruppe für die Kampagne organisierten. Wir waren gerade auf dem Parkplatz in der Nähe der alten britischen Telefonzelle, die sie dort haben. Der erste Schuss zischte an meinem Kopf vorbei, daran erinnere ich mich noch, dann schrie Zach und schob mich ins Auto. Ich stieg ein und drehte mich um, dann..." Er zögerte.

„Bitte, sprich weiter, egal, was jetzt kommt."

„Es schien einfach überall nur Blut zu sein, als würde es regnen. Zach... er fiel zu Boden. Er hatte eine Kugel mitten in die Brust bekommen. Mein Fahrer drückte aufs Gas und ich konnte nicht sehen, was danach geschah. Es tut mir so leid, Emmy."

Selbst nach all diesen Monaten tat es unglaublich weh. Emmy Schloss die Augen, entschlossen, die Tränen zurückzuhalten. Ihr Zach, ihr bester Freund, ihre Liebe. Tot, einfach so. Plötzlich lasteten der Verlust von Zach und der restliche Schock ihres Überfalls auf sie und sie entschuldigte sich.

Sie ging zurück zu ihrer Kabine und rollte sich auf dem Bett zusammen, endlich ließ sie die Tränen zu. Sie bemerkte nicht, wie die Zeit verging, bis sie zwei starke Arme um sich fühlte und an Orins Brust gezogen wurde.

„Kevin hat mir erzählt, worüber ihr gesprochen habt, und er war besorgt, dass er dich aufgewühlt haben könnte", murmelte Orin an ihrer Schläfe. Emmy schloss die Augen und genoss die Umarmung. In diesem Moment war er nicht der Präsident – er war ein Mann, der gekommen war, um sie zu trösten. Sie hob das Gesicht an und fühlte seine Lippen auf den ihren, sanft und liebevoll.

Sie küssten sich, bis sie beide außer Atem waren, dann griff Emmy nach unten und zog ihr T-Shirt über den Kopf. Orins Augen suchten die ihren. „Bist du dir sicher?"

Sie nickte. „Ich brauche dich, Orin, bitte."

Orin küsste sie wieder und knöpfte sein Hemd auf, dann zogen sie sich schnell gegenseitig aus. Orin hob ihre Beine über seine Schultern. „Ich will dich schmecken, hübsches Mädchen."

Er vergrub sein Gesicht zwischen ihren Schenkeln und Emmy stöhnte, während seine Zunge um ihre Klit glitt, wodurch sie hart und sensibel wurde. „Orin, ich will dich auch schmecken."

Orin drehte sich so, dass sie seinen Schwanz in den Mund nehmen konnte, während er sie weiter verwöhnte. Emmy leckte den seidigen Schaft entlang und spürte, wie hart der Muskel darunter war, wie er zitterte, als ihre Zunge die sensible Spitze liebkoste.

Mit einer Hand spielte Orin abwechselnd mit ihren Nippeln, bis sie stählern waren. Mit der anderen ließ er zwei Finger in ihre tropfnasse Muschi hinein und hinaus gleiten, bis sie zuckte und explodierte, während sein Schwanz dickes, cremiges Sperma auf ihre Zunge pumpte.

Emmy schluckte seinen Samen, während Orin sich aufrichtete und sie küsste, seine Hände drückten sie aufs Bett. „Um Himmels Willen, Emerson Sati, ich wollte noch nie jemanden so sehr wie dich..."

Emmy rollte ein Kondom auf seinen Schwanz – schnell, dringend, sie brauchte ihn in ihr. Als Orin hart in sie eindrang, schrie sie in Ekstase auf.

Ihre Blicke trafen sich und sie fixierten einander, während sie Liebe machten. Orin rammte seine Hüften gegen sie und Emmy winkelte das Becken an, damit er noch tiefer eindringen konnte. Seine Lippen waren wild, seine Hände schmerzhaft in ihre gekrallt.

Emmy kam wieder, ihr Rücken drückte sich durch, während die süße Erlösung sie überwältigte. „Oh, Gott, Orin... Orin, hör niemals auf..."

Orin stöhnte und vergrub das Gesicht an ihrem Hals, als auch er den Höhepunkt erreichte, dann brach er auf ihr zusammen und rang nach Luft.

Einen kurzen Augenblick lang fühlte Emmy sich als wäre sie in einem anderen Körper, doch als Orin aufstand, um ins Bad zu gehen, und dann zurückkam, lächelte sie ihn an und streckte die Arme nach ihm aus. Er kuschelte sich in sie und küsste die feuchten Haarsträhnen, die an ihrer Stirn klebten. „Habe ich dir schon einmal gesagt, wie wunderschön du bist?"

Sie grinste. „Du bist selbst nicht schlecht, Mr. Präsident."

Orin lachte. „Emmy... du solltest wissen. Ich bin bereit hierfür. Du und ich. Wir. Wir müssen es hinbekommen, wir müssen tun, was auch immer nötig ist." Seine Lippen fuhren an ihrem Kiefer entlang. "Ich habe versucht, dich zu vergessen, obwohl ich wusste, dass es beinahe unmöglich war, aber es hat nicht geklappt."

„Ich habe gehört, dass du im Weißen Haus ein heißes Date

hattest." Sie grinste ihn an, damit er wusste, dass das für sie in Ordnung war.

Orin nickte. „Und sie war eine wunderbare Frau. Aber sie war nicht *du*."

Emmy wurde rot. „Ich muss dich warnen... ich bin bei weitem nicht perfekt."

„Wer ist perfekt? Und wie öde wäre das?" Er zog sie an sich und Emmy legte den Kopf auf seine Brust. Gott, er roch gut, nach Seife und sauberer Wäsche. Sie fuhr mit der Hand über seinen flachen Bauch und fühlte, wie er sich unter ihrer Berührung zusammenzog.

„Wie machen wir es? Ich meine, hier in Camp David scheint es recht einfach zu sein, aber im Weißen Haus wird es sehr viel schwieriger werden."

„Wir werden es schaffen. Du wirst dich noch wundern." Orin grinste sie an und seufzte dann glücklich, als ihre Hand nach unten wanderte, um seinen Schwanz zu streicheln. „Emmy, dir ist klar, dass ich unglaublich verrückt nach dir bin, oder?"

Emmy grinste ihn an und drückte sich dann an ihn, wobei die Spitze seines Schwanzes ihre feuchte Muschi berührte. „Gleichfalls, Mr. Präsident."

Sein Schwanz war bereits wieder hart und sie führte ihn zurück in sich hinein, bevor sie ihn zuerst langsam und mit steigender Leidenschaft immer schneller ritt, bis sie beide laut stöhnten und lachten.

18

KAPITEL ACHTZEHN

Kurz vor sechs Uhr zog Orin sich an und ließ sie allein im Bett zurück Er schaute sie traurig an, wie sie nur mit einem Laken bedeckt dalag. „Ich hasse es, dich zurückzulassen, Emmy."

Sie entblößte ihre Brüste, was ihn zum Lachen brachte.

„Fies." Er setzte sich aufs Bett und beugte sich herunter, um sie zu küssen. „Ich könnte immer noch mein Sechs-Uhr-Meeting absagen."

Emmy schüttelte den Kopf. „Nichts da. Du musst ein Land regieren."

Orin grinste und seine Hand glitt unter die Decke, um ihre Klit zu streicheln. Emmy versuchte, scheltend zu schauen, doch brach ein, als seine Finger sie streichelten. Sie zitterte sich durch einen sanften Orgasmus und lächelte dann zu ihm hinauf. „Nicht schlecht, dieses Abschiedsgeschenk."

Orin lächelte. „Bis dann?"

„Bis dann."

Als Emmy allein war, duschte sie sich und lächelte vor sich hin, während sie sich einseifte. Ihre Muschi fühlte sich immer noch sensibel an, als könnte eine seiner Berührungen sie wieder zum Kommen bringen. Emmy trocknete sich ab und zog einen Jogginganzug an. Sie wollte noch im Wald laufen gehen, bevor es dafür zu dunkel würde, um die überschüssige Energie loszuwerden, die der Sex in ihr hinterlassen hatte.

Sie traf auf den Laufwegen einige andere Agenten und Mitarbeiter und nickte und lächelte ihnen zu, doch mit Kopfhörern in ihren Ohren hielt sie nicht an, um sich zu unterhalten. Sie lief den Weg tief in den Wald hinein. Sie war überrascht, dass ihr kaum noch etwas von dem Angriff wehtat, obwohl dieser erst einige Tage her war. Abgesehen von den Blutergüssen ging es ihr gut.

Besser als gut. Orin Bennett beherrschte ihren Körper komplett und Emmy liebte es. Sie fühlte sich wieder wie ein sexuelles Wesen, gewollt und wollend.

Was bedeutete... dass sie eine Entscheidung zu treffen hatte. Noch nicht, sagte sie sich. Nicht hier. Sie würde zuerst die wenigen übrigen Tage in Camp David genießen, dann würde sie sich den Rest überlegen.

Tief in Gedanken versunken hatte sie nicht bemerkt, dass sich die Dämmerung bereits senkte und sie immer noch vom Camp weglief. Sie drehte sich um und hielt an, um zu Atem zu kommen, wobei sie die Kopfhörer herauszog, um in den Wald zu lauschen. Ihre Haut kribbelte – und nicht auf eine gute Art und Weise.

Emmy schaute sich um. Es war niemand sonst hier – jedenfalls niemand, der gesehen werden wollte – doch sie fühlte sich beobachtet. Sie kniff die Augen zusammen und betrachtete die Bäume.

Paranoia.

Emmy begann, zurück zum Camp zu laufen, und auf halbem Wege hatte sie plötzlich das Gefühl, Schritte hinter sich zu hören. Näher... näher... sie drehte sich um...

Nichts. Niemand. „Verdammt noch mal", flüsterte sie sich selbst zu, „komm mal wieder klar."

Sie lief zurück zur Hütte und ging hinein. Wieder hatte sie das beklommene Gefühl, beobachtet zu werden. Sie legte die Hände auf die Augen und schüttelte den Kopf. „Nein. Hör auf."

Trotzdem durchsuchte sie die gesamte Hütte. Die Akten, die sie gelesen hatte, lagen ordentlich auf ihrem Schreibtisch. Scheiße. Vielleicht hätte sie sie bereits zu Lucas zurückbringen sollen. Sie hob sie auf und ging zu seiner Hütte.

Lucas schaute sie überrascht an. „Hey, warst du laufen? Ich dachte, du wärst hier, um dich zu erholen?"

„Sport ist gut zur Erholung", sagte sie grinsend zu ihrem Chef. „Hier. Ich habe nichts Interessantes hier drin finden können."

„Das glaube ich auch nicht, aber immerhin hat es vielleicht einige deiner Ängste zerstreut. Vor allem wegen Kevin."

„Hmm", machte Emmy vage. „Hör zu, ich habe im Vorbeigehen mit dem Präsidenten gesprochen." Sie spürte, wie sie bei der Lüge rot wurde.

„Es scheint als wollte er mich für die Dauer seines Besuchs hier haben. Irgendwas von wegen besonders vorsichtig sein."

„Na, das überrascht mich nicht. Er war sehr eindringlich darüber, dass du unter Schutz stehen sollst, zumindest bis wir wissen, ob Karlssons Mord mit deinem Angriff in Verbindung steht."

Emmy seufzte. „Ist es falsch, dass ich mich schlecht wegen Karlsson fühle?"

„Absolut nicht. Trotz seiner merkwürdigen Anbetung von Brookes Ellis schien er ein guter Kerl zu sein."

„Das war er." Emmy lächelte. „Und er war Demokrat, haben wir das erzählt?"

Lucas schaute belustigt. „Wirklich?"

„Wirklich. Er hat es mir erzählt."

„Hä..."

„Was?"

Lucas schüttelte den Kopf. „Nein, es ist nur... ach, egal."

Emmy entschied, nicht weiter nachzuhaken. „Naja, jedenfalls steht wie gesagt nichts Spannendes in den Akten. Sie scheinen nicht besonders in die Tiefe zu gehen."

„Nein, das tun sie nicht, aber mehr haben wir im Moment nicht."

„Ach, die enthalten nicht *alles* über *jeden*?"

„Nein. Tut mir leid, wenn ich den Eindruck vermittelt habe. Diese hier sind mehr oder weniger das, was wir der Presse geben. Aus irgendeinem Grund will die Agentur die Personalakten nicht freigeben."

Emmy hakte es ab. Immerhin musste sie sich keine Gedanken machen, weil sie die Akten in ihrer Hütte gelassen hatte. Mann, ihr Kopf war völlig durch den Wind. Vielleicht sollte sie kündigen und etwas Anderes versuchen. Das würde ihr Leben sicherlich leichter machen...

„Em? Hörst du mir noch zu?"

Lucas betrachtete sie. „Du siehst immer noch erschöpft aus."

Das könnte an dem Sex-Marathon liegen. „Mir geht es gut."

„Sicher, dass es keine Gehirnerschütterung ist? Ich denke, der Arzt sollte dich mal anschauen."

„Wirklich, Lucas, es ist alles in Ordnung." Emmy begann, zur Tür zu gehen. „Aber keine Sorge, ich werde mich ausruhen."

AUF DEM RÜCKWEG zu ihrer Hütte war Emmy so gedankenverloren, dass sie nicht bemerkte, wie Kevin McKee neben ihr auftauchte, sodass sie zusammenzuckte, als er plötzlich zu sprechen begann.

„Emmy, ich wollte mich noch einmal entschuldigen. Ich weiß, dass ich dich heute Mittag aufgewühlt habe."

Emmy blieb stehen. „Kevin, es ist in Ordnung. Ich musste es hören. Ich hatte meinen Kopf in den Sand gesteckt wegen Zach." Sie begann wieder zu laufen und hoffte, dass er sie in Ruhe lassen würde, doch Kevin hielt mit ihr Schritt.

„Ich fühle mich schlecht." Er berührte ihren Arm. „Können wir uns unterhalten? Allein?"

Emmys Nackenhaare stellten sich sofort auf. „Ich habe doch gesagt, Kevin, das ist nicht nötig."

Kevin lachte etwas unsicher. „Das ist es nicht, es ist... Mann, ich war mal so gut hier drin."

Emmy verstand voller Horror, dass er sie um ein Date bat. Nein. Vergiss es. „Kevin, wenn du meinst, was ich denke, dass du es meinst, solltest du wahrscheinlich wissen...ich habe da jemanden."

Deinen Chef.

Kevin zuckte unschuldig mit den Schultern. „Ah naja, ich musste es mal versuchen. Gute Nacht, Emmy."

Emmy schaute ihm hinterher, als er ging. Es war merkwürdig. Sie hatten zuvor kaum zwei Worte gewechselt, bevor nun... *er weiß es. Er weiß, dass du etwas vermutest.*

Emmy zitterte plötzlich. Männer wie Kevin waren so von sich selbst eingenommen – dachte er wirklich, er könne sie ablenken, indem er ihr Ego streichelte? *Arschloch.*

Anstatt zu ihrer Hütte zurückzukehren, ging sie zu Duke. Er spielte Pool in der Bar mit Hank und Greg, klinkte sich jedoch sofort aus, als sie ihn fragte, ob sie mit ihm sprechen könne.

Draußen zog sie ihn beiseite. „Bist du mitdabei, ein bisschen inoffiziell herumzuschnüffeln?"

„Immer. Um wen geht es?"

Emmy schaute ihn mit einem Blick an, der ihm das Lächeln aus dem Gesicht fallen ließ. „Oh, Em, wirklich?"

„Ja, wirklich." Jetzt war sie etwas ärgerlich. Wieso verteidigten alle Kevin McKee?

Duke seufzte. „Gut. Aber jetzt schuldest du mir schon zwei Gefallen. Was schlägst du vor?"

„Nur ein bisschen Überwachung. Wissen, was er tut und wann er es tut. Wer bewacht ihn? Können wir ins Team kommen? Und mit uns meine ich dich, denn er hat mich gerade versucht auf ein Date einzuladen und es wäre ziemlich merkwürdig."

„Merkwürdiger als den großen Mann zu vögeln?" Schoss Duke zurück. Damit lag er nicht ganz falsch.

„Schau, ich meine ja nur... ich fahre nach Princeton und höre mich nach seiner Zeit dort um und möchte, dass du sichergehst, dass er so lange in Washington bleibt."

„Dir ist klar, dass du dafür eine Menge Ärger bekommen könntest, oder?"

„Mehr Ärger als dafür, den großen Mann zu vögeln?" Sie grinste, als sie seine eigenen Worte zu ihm zurück feuerte und er lächelte zerknirscht.

„Okay, ich werde mit Lucas sprechen."

„Hey, Chef, du wolltest mich sehen?"

Moxie kaute noch auf ihrem Sandwich, als sie sich mit Orin in seiner Hütte hinsetzte. Er schickte seine Sekretärin weg und wartete, bis sie allein waren, bevor er zu sprechen begann. Orin atmete tief ein. „Mox... ich möchte, dass du einen Testballon steigen lässt."

„Klar. Worüber?"

Er beobachtete sie einen Moment lang. „Über die Reaktion der amerikanischen Öffentlichkeit darüber, dass der Präsident eine Beziehung mit einem Mitglied seines Sicherheitspersonals hat."

Moxie verschluckte sich fast an ihrem Essen und lachte dann. „Oh, ha. Du hättest mich fast hinters Licht geführt."

„Ich meine es ernst, Mox."

Moxie stellte den Teller ab und schluckte ihr Essen herunter. „Du meinst es ernst?"

„Ja." Er setzte sich ihr gegenüber hin. „Schau, ich bin nicht blöd, ich weiß, dass wir die Frage nicht genauso stellen können –"

„ –bist du sicher?", unterbrach Moxie ihn ungläubig. „Orin, das könnte deine gesamte Präsidentschaft torpedieren, ist dir das klar?"

„Ja, ist es. Aber es ist so: Ich habe die Person gefunden, mit der ich den Rest meines Lebens verbringen möchte."

Moxie starrte ihn an. „Nachdem du einmal mit ihr geschlafen hast?"

„Zweimal", sagte er neckisch, doch dann war sein Gesicht wieder ernst. „Mox, ich wusste es, bevor Emmy und ich Sex hatten. Komm schon, hast du noch nie von Liebe auf den ersten Blick gehört?"

„Die gibt es nur bei Teenagern und in Romantik Komödien. Orin, du bist der Präsident der Vereinigten Staaten!" Sie stand auf und ging durch den Raum. Irgendwann setzte sie sich wieder. „Es muss ein Gouverneur sein und es kann nicht sein Sicherheitspersonal sein. Es muss irgendein anderer Untergebener sein. Keiner von beiden ist verheiratet."

Orin lächelte ermutigt. „Siehst du? Wie schwer war das?"

„Das ist nicht schwer. Es ist die Tatsache, dass wenn ihr zwei es öffentlich macht... verdammt, Orin. Sie wird ihren Job verlieren. Hast du mit ihr darüber gesprochen?"

„Nicht so ausführlich. Ich wollte erst deine Meinung hören."

„Meine Meinung ist, dass du verrückt bist. Gott, könnt ihr die Sache nicht geheim halten?"

Orin setzte sich auf. „Ich will eine Zukunft mit Emerson Sati, Mox."

„Du bist in sie verliebt?"

Er nickte, denn er wollte die Worte nicht laut aussprechen, bevor er sie zu Emmy gesagt hatte.

Mox schaute ihn unglücklich an. „Selbst wenn Emmy nicht ihren Job verliert, kannst du dir die First Lady dabei vorstellen, eine Kugel für ihren Ehemann abzufangen?"

„Rede keinen Mist, Mox."

„Ich rede keinen Mist. Kannst du dir nicht vorstellen, was das alles für Probleme mit sich bringen wird?"

„Weil zwei Menschen sich lieben, Mox?"

„Hier geht es um so viel mehr als das und das weißt du auch. Die Presse wird Emmy als Gold Digger oder Hure hinstellen." Moxie seufzte. „Warte zumindest sechs Monate ab. Wenn du immer noch das gleiche fühlst –"

„Ich werde meine Meinung nicht ändern, Mox. Lass den Testballon aufsteigen."

Um zehn Uhr kam Duke, um Plätze mit ihm zu tauschen, und Orin ging zu Emmy. Ihr Lächeln, als sie ihn sah, machte es alles wert. Er küsste sie zur Begrüßung.

„Hey, komm und setze dich zu mir."

Er streichelte sanft ihr Gesicht und wünschte sich im Stillen, die Blutergüsse einfach wegküssen zu können. „In ein paar Tagen müssen wir zurück ins Weiße Haus."

„Ich weiß", seufzte Emmy, „und die Blase platzt."

Orin schüttelte den Kopf. „Nein. Hör zu, ich möchte alle meine

Karten auf den Tisch legen, Emmy. Ich liebe dich. Ich denke, ich bin in dich verliebt, seit ich dich zum ersten Mal gesehen habe. Ich möchte mit dir zusammen sein und ich möchte es nicht verstecken."

Emmys Augen füllten sich mit Tränen. „Du liebst mich?"

„Ja." Orin lächelte sie an. „Sehr. Ich denke, wir verstehen einander einfach. Und ich möchte dich glücklich machen, Emmy Sati, und die Traurigkeit aus diesen wunderbaren Augen vertreiben. Auch wenn natürlich niemand Zach ersetzen kann."

Emmy lächelte ihn an, sie war so gerührt, dass ihr die Worte fehlten. „Orin Bennett." Sie nahm sein Gesicht in ihre Hände. „Ich liebe dich auch. Du hast mir dabei geholfen, auf so viele Weisen zu heilen. Lange dachte ich, das sei unmöglich mit uns beiden. Jetzt weiß ich, dass das Unmögliche ist, *nicht* zusammen zu sein."

Orin strahlte über das ganze Gesicht. „Das denke ich auch. Aber es ist auch wichtig für mich, dass du deine Karriere nicht aufgeben musst."

„Das ist lieb, aber nicht realistisch."

Sie lehnte sich zu ihm und er atmete den Geruch ihres Haars und ihrer Haut ein, fühlte die Wärme ihres Körpers. Er konnte sich ein Leben ohne sie nicht mehr vorstellen, aber sie hatte recht. Vielleicht hatte Mox auch recht gehabt. Vielleicht sollten sie sechs Monate warten.

Sie unterhielten sich bis spät in die Nacht und planten ihre geheime Liebesaffäre so gut es ging, bevor sie wieder mit einander schliefen. Als Emmy schlief, schlüpfte Orin aus der Hütte und weckte Mox auf. „Du hattest recht", sagte er, „Emmy zuliebe sollten wir warten."

Noch halb im Schlaf lächelte Moxie erleichtert. „Gott sei Dank."

Emmy schlief tief und wachte nicht einmal auf, als der Eindringling die Schlafzimmertür öffnete und diese laut quietschte. Er stand still über der schlafenden Frau, deren nackter Körper in ein weißes Laken gewickelt war. Gott, sie war wirklich schön. Er schaute ihr einen Moment lang beim Schlafen zu und fragte sich, was sie tun würde, wenn er sie aufwecken, küssen und mit ihr schlafen würde.

Natürlich wusste er nun, was vor sich ging. Orin Bennett schlief mit dieser kleinen Schönheit und laut dem, was er zuvor belauscht hatte, meinte der Präsident es ernst mit ihr.

Schade, dass Emmy Sati ihre Nase in Angelegenheiten steckte, die sie nichts angingen. Es bedeutete, dass sie ihre Pläne vorziehen mussten. Ja, sehr schade. Sie hatte bereits eine große Liebe verloren und bald würde Emmy Sati eine weitere verlieren.

Kevin McKee schaute hinunter auf die schlafende Frau. Vielleicht könnte er sie hinterher so trösten, wie er wollte. Wenn nicht... dann sollte Emmy Sati vielleicht ‚ermutigt' werden, ihren Schmerz ein für alle Mal zu beenden.

Aber welche Verschwendung...

19

KAPITEL NEUNZEHN

Mit Dukes Zustimmung fuhr Emmy unter der Ausrede nach Princeton, dass sie Informationen über Max Neal und dessen Verbindungen dort suchte. Der Dekan war offen und freundlich und gab Emmy alle Informationen, die er hatte – was die Gleichen waren, die die Agentur bereits hatte.

Sie saßen in der Cafeteria, als Emmy nebenbei Kevin McKee erwähnte. „Ich habe gehört, dass er Jahrgangsbester war?"

„Oh ja, ein herausragender Student und große Stütze für diese Institution. Er hat auch jüngere Studenten begleitet und ich glaube, er hat einige der ärmeren Studenten finanziell unterstützt."

„Tatsächlich?"

„Oh ja."

Emmy nippte an ihrem Kaffee. „Herr Dekan, ich habe gehört, dass geheime Verbindungen in Princeton verboten sind, korrekt? Ich frage nur, weil es manchmal sehr lukrativ sein kann, Mitglied in einer solchen Gruppe zu sein."

Der Dekan nickte. „Das haben Sie richtig gehört, Agentin Sati. Wir tolerieren geheime Verbindungen nicht. Nicht, dass es nicht ausreichend offene Verbindungen gäbe."

„War Max Neal Mitglied in einer?"

„Nicht, dass ich wüsste."

„Und Martin Karlsson?"

Das Gesicht des Dekans wurde traurig. „Martin war ein weiterer herausragender Student. Vielleicht etwas zu folgsam, aber er hatte ein gutes Herz. Ich bin sehr erschüttert über seinen Tod. Schrecklich. Einfach schrecklich." Seine Augen legten sich auf Emmys immer noch mit Blutergüssen übersäte Stirn. Sie hatte versucht, sie zu überschminken, doch das war unmöglich gewesen.

„Kannten Martin und Kevin einander?"

Der Dekan schüttelte den Kopf. „Das glaube ich nicht. Es lagen einige Jahre zwischen ihnen, auch wenn Kevin immer die Nähe zur Universität aufrechterhalten hat."

„Kommt er immer noch zu Besuch?"

„Mindestens einmal im Monat."

Das überraschte sie. „Einmal im Monat?"

Der Dekan lächelte. „Ja, das ist ungewöhnlich für Alumni, aber Kevin war sich seiner Privilegien immer bewusst und ich glaube, dass er sich sogar manchmal dafür schämte, sodass er anderen helfen möchte. Als ob es nicht genug wäre, dem Land gedient zu haben."

„Als Berater des Präsidenten?"

„Und natürlich zuvor im Irak."

Warte...*was*? Es gab kein Anzeichen von Kevins Militärdienst in seiner Akte oder öffentlichen Biographie. Wieso würde er das verstecken wollen? Emmy lächelte einfach und nickte. „Natürlich."

Der Dekan blickte auf die Uhr. „Ich hoffe, Sie vergeben mir, Agentin, aber ich muss zurück an die Arbeit." Er stand auf und Emmy schüttelte ihm die Hand.

„Danke für Ihre Zeit, Sir, das war sehr hilfreich."

„Gern geschehen. Laufen sie gerne noch über den Campus, Agentin, und wenn Sie noch weitere Informationen benötigen, wird mein Assistent sie Ihnen geben." Seine Augen legten sich wieder auf ihre Blutergüsse und er nahm ihre Hand in seine beiden Hände. „Danke für Ihren Dienst, Agentin. Passen Sie auf sich auf."

. . .

Der Dekan hatte ein weiches Herz, dachte Emmy, als sie über den Campus schlenderte. Ihre Loyalität zu Harvard lenkte sie nicht von der puren Freude darüber ab, zurück auf einem Universitätscampus zu sein. Die schönen Gebäude, die herumlaufenden Studenten auf dem Weg zwischen Vorlesungen und Seminaren... sollte sie sich zu einem Wechsel entschließen, dachte Emmy, würde sie es genießen, zur Bildung zurückzukehren und vielleicht einen Doktor zu machen.

Sie sprach sogar mit einigen Studenten und fragte sie nach Clubs und Verbindungen, doch in ihrem Kopf wollte sie Kevin McKees geheim gehaltene Militärkarriere erforschen. Sie konnte beim besten Willen nicht verstehen, wieso er sie aus seiner Biographie gestrichen hatte.

Auf dem Weg zurück nach Washington bemerkte Emmy das schwarze Auto hinter ihr zunächst nicht. Erst als sie durch Georgetown fuhr, entdeckte sie es. Sie nahm eine alternative Route zu sich nach Hause, benutze Seitenstraßen und fuhr sogar im Kreis, doch das Auto blieb immer hinter ihr.

Scheiße.

Emmy gab es auf, nach Hause fahren zu wollen, und fuhr stattdessen zum Weißen Haus. Als sie auf die Pennsylvania Avenue einbog, verschwand das schwarze Auto. „Arschloch."

Sie war gerade angekommen, als Duke zu ihr kam. „Wie ist es gelaufen?"

„Gut. Nicht viel über Max Neal, was wir nicht schon gewusst hätten. Duke, könntest du bitte die Tür schließen?"

Duke schien überrascht, schloss aber die Tür. Emmy zögerte etwas. „Duke... wusstest du, dass Kevin McKee im Militär war?"

„Nein, war er nicht."

„Da hat der Dekan von Princeton aber etwas anderes gesagt. Er hat mir erzählt, dass McKee im Irak war."

Duke starrte sie ungläubig an. „Was?"

Emmi deutete mit dem Kinn auf ihren Laptop. „Es gibt keinen öffentlichen Hinweis darauf. Wieso?"

Duke zuckte mit den Achseln. „Ich habe nicht die geringste Idee. Etwas muss passiert sein."

Emmy nickte. „Ich habe Max Neals Militärgeschichte nachgeschaut. Er war auch im Mittleren Osten."

„Warte, warte, warte... Emmy, machst du Witze?"

„Duke, komm schon, wenn McKee und Neal zusammen eingesetzt waren, ist das eine Verbindung."

Duke seufzte mit dem Kopf in den Händen und dachte eine Minute lang nach. „Okay. Also, wir gehen zu Lucas. Fragen ihn, wieso McKees Akte versiegelt ist und ob wir herausfinden können, in welcher Einheit er war. Das bedeutet immer noch nicht, dass sie einander kannten oder noch in Kontakt sind."

„Stimmt, aber ich finde trotzdem, dass wir die Spur verfolgen sollten." Emmy überlegte, ob sie Duke von ihrem Verfolger erzählen sollte, entschied sich aber letztendlich dagegen. Sie wollte keine Aufregung.

Duke sah nicht glücklich aus. „Bist du bereit für ein großes Drama, wenn das alles ans Licht kommt?"

„Ich mache nur meinen Job, Duke." Doch sie fragte sich, was Orin von ihr denken würde, wenn er wüsste, dass sie einen seiner engsten Berater verdächtigte.

ALS SIE IHN SPÄTER SAH, leider nur einige gestohlene Momente lang im Oval Office, sprach sie es nicht an. Orin küsste sie und legte seine Stirn gegen die ihre. „Du hattest recht damit, dass die Blase platzen würde", sagte er, doch er lächelte dabei. „Es wird viel schwieriger werden, uns hier zu sehen. Schwieriger, aber nicht unmöglich."

Emmy hatte die Arme um seine Mitte gelegt und schaute nun zu ihm auf. „Bist du sicher, dass ich das Risiko wert bin?"

„Frag mich das nie wieder, Liebling. Du bist mir *alles* wert."

20

KAPITEL ZWANZIG

Emmy und Orin wussten, dass ihre Affäre schwierig sein würde und sie sich nicht ständig sehen können würden, aber nach Orins warnenden Worten war Emmy überrascht, wie einfach es war, sich mit Dukes Hilfe in das Schlafzimmer des Präsidenten zu schleichen. „Dir ist wohl klar, dass du jetzt absolut mein Zuhälter bist", flüsterte sie ihm zu, während sie durch die Tunnel unter dem Weißen Haus zur Privatresidenz gingen.

Orin wartete auf sie im Schlafzimmer und entgegen des Protokolls schloss er die Tür ab. „Hey, Schönheit." Er beugte sich herunter, um sie zu küssen, und als ihre Lippen sich trafen, vergaß Emmy alle Protokolle, Verantwortung und alles andere.

„Hey, Mr. Präsident." Sie lächelte, als sie sich trennten.

Orin grinste und strich ihr das Haar hinter die Ohren. „Es ist erst ein Monat vergangen und jede Nacht denke ich an dich."

Emmy nickte. „Ich auch. Ich muss sagen, dass es eine komische Zeit war. Können wir uns einen Moment hinsetzen? Einfach reden?"

„Natürlich, Baby."

Sie fühlte das Glück durch sie rauschen bei dem Kosenamen und als seine Hand sich um ihre schloss, um sie zu den Sofas vor dem Kamin zu führen, fühlte sie sich wieder sicher. Orin legte seinen Arm um ihre Schultern und lächelte zu ihr hinab. „Also, wird das eine Diskussion darüber, wie unvernünftig wir sind?"

Emmy lachte leise. „Naja, das sind wir, aber darum geht es nicht. Orin, ich werde mich komplett aus deinem Schutz zurückziehen."

Er seufzte, nickte jedoch. „Ich verstehe. Gott, es tut mir so leid."

„Das muss es nicht. Es ist meine Entscheidung. Ich habe die letzte Woche damit verbracht, alles abzuwägen und ich denke...", sie schluckte schwer, „ich denke, ich muss Lucas Harper von unserer Beziehung erzählen. Es ist nicht fair Duke oder Moxie oder dir gegenüber. Du musst ein Land leiten und ich bin eine Ablenkung."

„Wenn Lucas es erfährt... könnte er dich entlassen."

Sie nickte. „Das könnte er und vielleicht sollte er es auch. Ich werde meine Kündigung anbieten."

„Warte... nein." Orin stand auf und tigerte auf und ab. Sein gutaussehendes Gesicht sah alarmiert aus. „Nein, das ist nicht fair, Emmy, ich habe uns in diese Lage gebracht."

„Entschuldigung, Mr. Präsident, aber ich habe freiwillig mitgemacht. Ich wusste, worauf ich mich einließ, ich wusste, dass es unprofessionell war."

„Gott." Orin schüttelte den Kopf. „Emmy, wieso solltest du –"

„Orin, komm schon. Du bist der Präsident. Ich kann in die private Sicherheitsbranche wechseln oder Beraterin werden... es gibt viele Alternativen. Vielleicht studiere ich noch einmal etwas anderes. Ich habe eine Menge Optionen."

Er kniff die Augen zusammen. „Und das hast du alles in nur einem Monat entschieden?"

Fast verlor Emmy die Ruhe. Sie hatte diese Rede die letzten zwei Tage lang geübt, doch Orin war ihr auf der Spur. Die Vorstellung davon, den Geheimdienst zu verlassen, brachte sie um, doch sie hasste die Geheimniskrämerei und irgendwie war die Vorstellung, nicht mit Orin zusammen sein zu können, noch schlimmer.

Den ganzen Monat hatte sie mit sich gerungen. *Du hast mit ihm geschlafen, okay, aber deinen Job aufgeben?* Doch Orin Bennet hatte sie ins Leben zurückgeholt. Seit sie ihn kannte, fühlte sie sich freier und selbst Marge und ihre Freunde hatten das bemerkt.

Orin setzte sich neben sie. „Ich kann dich nicht aufgeben. Es tut mir leid, wenn mich das unglaublich selbstsüchtig macht, aber es ist die Wahrheit. Ich will dich bei mir haben, Emmy, als meine Partnerin, und ich will es nicht verstecken."

Emmy nickte und küsste ihn. Etwas in ihr wollte, dass er mehr protestierte, doch was hatte sie erwartet. Er war der Präsident der Vereinigten Staaten und sie war nur eine Agentin.

Und nun seine Geliebte. „Ich will nicht mehr sprechen", sagte sie leise und Orin nickte, bevor er sie umarmte.

„Emmy... was du für mich aufgibst, kann ich niemals zurückzahlen."

Er küsste sie sanft und zog sie dann auf die Füße. Sie gingen zum Bett und begannen, sich langsam gegenseitig auszuziehen. Emmy streichelte sein Gesicht und bemerkte, wie erschöpft er aussah. „Bist du in Ordnung?", fragte sie und er nickte.

„Nur dieser Ellis-Mist. Es nimmt einfach kein Ende."

Emmy küsste ihn. „Lass mich heute Abend eine Ablenkung sein. Wenn Lucas mich meinen Job behalten lässt, werde ich alles in meiner Macht Stehende tun, um dir zu helfen. Verdammt, wenn er es nicht tut, werde ich –"

Sie wurde von Orins Lippen zum Schweigen gebracht und sie küsste ihn zurück, während er sie in seine Arme nahm und dann aufs Bett hob. Sie fühlte seinen großen Schwanz an ihrem Oberschenkel und sie legte die Beine um ihn. „Warte nicht, Baby."

Orin rollte ein Kondom über seinen Schwanz und lächelte zu ihr hinab. „Du machst mich süchtig, Ms. Sati."

Sie grinste und als er in sie eindrang, umarmte sie ihn noch fester, ihre Lippen lagen auf den seinen, während sein Schwanz tief in ihre feuchte Muschi sank. Seine Finger lagen auf ihrer Klit, massierten und streichelten sie, bis sie vor Lust zuckte und Emmys Körper vor Ekstase bebte.

Sie schliefen bis in die frühen Morgenstunden miteinander, unterhielten sich zwischendurch und erzählten einander von ihren

Wünschen und Träumen, sprachen jedoch nicht weiter von ihren Karrieren. Im Bett waren sie nur Emmy und Orin und selbst wenn sein Mund an ihren Nippeln saugte oder sein Schwanz sie ins Paradies fickte, fühlte Emmy sich ihm immer gleichgestellt. Das liebte sie an ihm.

Um vier Uhr morgens glitt Emmy widerwillig aus seinem Bett. „Ich muss gehen."

„Ich wünschte..."

Sie grinste. „Was wünschst du dir?"

„Ich wünschte, du müsstest nicht gehen. Ich wünschte, ich könnte diesen Raum verlassen mit dir an der Hand und der Welt sagen, dass ich die schönste Frau der Welt liebe." Er hielt inne und lachte etwas schüchtern. „Ich wünschte, ich wünschte, ich wünschte."

Emmy küsste ihn. „Schlaf ein wenig. Du musst in ein paar Stunden die Welt regieren, Commander."

„Bis zum nächsten Mal?"

„Bis zum nächsten Mal."

AUF DEM HEIMWEG fragte sich Emmy, ob sie verrückt geworden war. Sie würde es wirklich tun, wirklich ihre Karriere für diesen Mann aufs Spiel setzen. Die volle Wucht ihrer Entscheidung traf sie hart und sie musste rechts heranfahren, um tief durchzuatmen. Egal, wie sie es betrachtete – sie hatte ihre Karriere weggeworfen für was? Nichts konnte je aus ihnen werden. Orin würde nie öffentlich mit ihr zusammen sein können, selbst wenn sie nicht im Geheimdienst war. Sie würde als unangemessen gelten, da sie keine Politikerin oder bekannte Anwältin war. Sie konnte sich vorstellen, wie die Presse sie, eine einfache Agentin, zerfleischen würde. Die Welt würde sie als die Mätresse des Präsidenten sehen.

Und Zach... entehrte sie sein Opfer, indem sie ihre Karriere aufgab? Ihr Herz sagte ihr wieder und wieder ja. Plötzlich riss ihr der Geduldsfaden, sie schlug auf das Lenkrad ein und schrie *Scheiße!* so laut sie konnte.

Einen Moment lang schloss sie die Augen, dann wendete sie und fuhr zurück zum Feldbüro. Lucas sprach mit einer anderen Agentin, als sie den Raum betrat, doch als er ihr Gesicht sah, wusste er, dass etwas passiert war. Er lotste sie schnell in sein Büro und schloss die Tür.

„Was? Was ist los, Em?"

Emmy atmete tief ein und schaute ihm in die Augen. „Lucas... ich kündige. Wenn du hörst, was ich zu sagen habe, möchtest du vielleicht nicht, dass ich bleibe."

„Wieso?"

„Weil ich jede einzelne unserer Regeln breche, Lucas. Ich habe mich falsch verhalten und dich angelogen. Lucas... ich schlafe mit dem Präsidenten."

21

KAPITEL EINUNDZWANZIG

Lucas starrte Emmy einen Moment lang an, sein Gesicht drückte Unverständnis aus. Dann grinste er. „Sehr witzig, Em. Fast hätte ich es dir abgekauft."

Emmy sagte nichts, ihr Gesichtsausdruck unverändert und langsam verstand Lucas, dass sie keine Witze machte. Seine Augen wurden groß und seine Kinnlade fiel tatsächlich herunter. „Willst du mich verarschen?"

„Nein."

„Was zum Teufel? *Emmy*..." Er rang offensichtlich nach Worten und Emmy bereitete sich auf einen Ausraster vor. Sie verdiente ihn.

Lucas ließ sich auf seinen Stuhl fallen. „Setz dich, Agentin Sati."

Emmy setzte sich und wartete, ihre Hände zusammengekrallt, um nicht weiter zu zittern. Lucas betrachtete sie.

„Nun... Gott, ich weiß nicht, wo ich anfangen soll. Du sagt also, dass du in einer sexuellen Beziehung mit dem Präsidenten Orin Bennett bist?"

„Ja, Sir."

„Wie lang?"

„Ein Monat, Sir."

Lucas lehnte sich zurück. „Und ihr habt beide freiwillig mitgemacht?"

„Ja, Sir."

Lucas rieb sich die Stirn und versuchte, das zu verarbeiten, was Emmy ihm gesagt hatte. „Wie häufig? Ich hasse, diese Frage stellen zu müsse."

„Die meisten Nächte, Sir. In Camp David und im Weißen Haus."

„Warst du im Dienst?"

„Nein, Sir, ich war nicht im Dienst."

„Na immerhin." Lucas schüttelte den Kopf. „Emmy, was zum Teufel hast du dir dabei gedacht? Hast du Gefühle für Orin Bennett?"

„Ja, Sir, habe ich."

„Und er für dich?"

„Da müsstest du ihn fragen, aber er hat gesagt, dass –"

„Okay, okay." Lucas seufzte. „Emmy... ist dir klar, wie ernst die Situation ist?"

„Ja, ist es, deshalb bin ich zu dir gekommen."

„Hinterher."

Emmy spürte, wie sie rot wurde. „Ja, Sir."

Lucas stand auf und starrte aus dem Fenster, Emmy wartete. Sie fühlte sich schrecklich, weil sie ihn enttäuscht hatte, ihren Mentor, Freund und Chef.

Schließlich sagte Lucas: „Ich akzeptiere nicht."

„Wie bitte, Sir?" Emmy war verwirrt.

„Deine Kündigung. Ich nehme sie nicht an. Du wirst versetzt. Natürlich kannst du den Präsidenten nicht mehr objektiv schützen, aber ich kann es mir nicht leisten, einen meiner besten Agenten wegen ein paar One-Night-Stands zu verlieren. Selbst wenn es mit dem Präsidenten der Vereinigten Staaten war."

Emmys Fingernägel gruben sich in ihre Handflächen und sie spürte, wie ein Tropfen Schweiß ihren Rücken hinunterrollte. „Lucas, ich möchte, dass du weißt... ich wollte nie, dass es passiert. Ich habe sehr lange dagegen angekämpft."

Lucas ließ sich zurück in seinen Stuhl fallen und starrte sie unglücklich an. „Hat das etwas mit Zachs Tod zu tun? Bist du zu früh zurückgekommen?"

„Lucas, ich liebe Orin Bennett und er liebt mich." Sie hatte es ausgesprochen. Lucas seufzte und rieb sich die Augen.

„Gott, Emmy."

„Ich weiß."

Sie saßen eine Weile lang still da. „Du musst Hilfe gehabt haben, um im Weißen Haus herumzuschleichen."

„Ja, Sir."

„Darf man Namen erfahren?"

„Nein, Sir."

Lucas' Mund zuckte. „Gutes Mädchen", sagte er leise. Er lehnte sich über seinen Schreibtisch. „Du wirst aus seinem Team entfernt werden, aber immer noch Zutritt haben. Ich werde meinen Vorgesetzten sagen, dass du ein Händchen für Untersuchungen gezeigt und darum gebeten hast, dich auf die Drohungen gegenüber dem Präsidenten zu konzentrieren. Das ist immerhin wahr." Er lächelte sie an. „Danke, Emmy. Wirklich, ich hatte keine Ahnung und du hättest das Geheimnis monatelang wahren können. Ich danke dir für deine Ehrlichkeit."

Emmy verließ Lucas' Büro und ging in ihr eigenes. Duke war darin und schaute sie überrascht an. „Hey, ich dachte, du hättest heute frei."

Sie schloss die Tür hinter sich. „Duke... ich habe es gerade Lucas erzählt."

„Was?" Duke sah alarmiert aus, doch sie beruhigte ihn.

„Ich habe ihm nichts von dir gesagt, keine Sorge. Aber er weiß von mir und dem Präsidenten."

„Jetzt sind wir also zu fünft." Duke lehnte sich in seinem Stuhl zurück und schüttelte den Kopf. „Ganz ehrlich, Emmy, wie wollt du und Bennett das geheim halten?"

„So lange wir können. Bis alles... irgendwie geregelt ist."

Sie konnte den mitleidigen Blick in Dukes Augen nicht ausstehen. „Kleine... du weißt, wie es enden wird. Ist es das wert?"

Emmy schaute ihm fest in die Augen und nickte. „Ja, Duke... *er ist es wert.*"

Später am Morgen war Orin mit Moxie, Kevin und Issa im Oval Office und besprach eine Rede, die Orin einige Tage später in einem Raum voller Geschäftsleute halten sollte. Als Moxie sprach und die Details aufzählte, schweifte Orin mal wieder ab. Diesen Morgen hatte Lucas ihm gesagt, dass Max Neal so sehr in den Untergrund abgetaucht war, dass es schwer zu glauben war, dass sie ihn jemals finden würden.

„Natürlich bedeutet das, dass wir deine Sicherheitsarrangements ändern müssen. Das ist zumindest einer der Gründe."

Orin schaute auf, sah den Blick in Lucas Augen und nickte. „Emmy hat mir gesagt, dass sie mit Ihnen gesprochen hatte."

„Ihre Beziehung geht mich nichts an, Sir –"

„ – nein."

„ – das Wohlergehen meiner Agentin allerdings schon. Ich hoffe, dass Sie beide die Folgen Ihrer regelmäßigen, ähm, Aufträge, bedacht haben."

Orin konnte ein Grinsen nicht verbergen. „Aufträge, Lucas?"

Lucas lächelte. „Verzeihung, Sir. Ich will nur meine Agentin schützen."

Als er gerade gehen wollte, sagte Orin noch: „Lucas... danke, dass Sie Emmy nicht gefeuert haben. Sie hat mehr verdient."

„Ja, sir. Das hat sie."

EGAL, ob Lucas das kritisch gemeint hatte oder nicht, Orin nahm es sich zu Herzen. Als Emmy an dem Abend ins Lincoln-Schlafzimmer kam, küsste er sie und schaute ihr dann in die Augen. „Geht es dir gut?"

„Sicher. Wieso? Ist etwas vorgefallen?"

Orin lächelte zu ihr hinab. „Ich wollte es nur wissen. Lucas hat mir heute gesagt, dass er es weiß."

„Ah."

„Er macht dir nicht das Leben schwer, oder?"

Emmy grinste. „Nein. Ich wünschte fast, dass er es täte, aber nein, er ist sehr fair."

„Also bist du jetzt eine Investigativ Agentin?"

„Genau wie Cagney. Oder Lacey."

Orin lachte. „Bist du überhaupt alt genug, um zu wissen, wer Cagney und Lacey waren?"

„Pfui, Bennet, aus. Cagney und Lacey sind meine Heldinnen. Und jetzt Platz."

Orin brach in Lachen aus. „Siehst du? Niemand bringt mich zum Lachen wie du, Emerson Sati. Mit niemandem fühle ich so viel –"

„ –was?"

„*Freude*", sagte er schlicht, aber so gefühlvoll, dass Emmys Herz höher schlug.

„Ich liebe dich so sehr", sagte sie, „vielleicht sogar mehr als ich Zach geliebt habe... nein, das stimmt nicht. Ich liebe dich anders. Mit Zach habe ich mich immer... wie ein aufgeregter Teenager gefühlt und das war gut, genau, was ich damals brauchte. Ich werde ihn immer dafür lieben und ihm dankbar sein. Aber mit dir –" Sie streichelte sein Gesicht. „Mit dir fühle ich mich wie eine Frau. Jemand, der das Schlimmste durchgemacht hat und es geschafft hat – und nun die Liebe vollkommen anders betrachtet. Ich weiß, dass sie nicht immer einfach und unkompliziert ist."

Dann war Orins Mund auf dem ihren und sie vergaß alles, als sie sich gegenseitig auszogen und auf das Bett legten.

Orin strich mit der Hand ihren Körper entlang und legte sie auf eine ihrer Brüste. „Kurvige Göttin."

Emmy grinste. „Indisches Blut. Es gibt kein dünnes Mädchen in meiner Familie."

„Gut. Siehst du sie oft?"

Sie schüttelte den Kopf. „Seit vielen Jahren nicht mehr. Wir waren sowieso nie sehr eng mit einander verbunden. Erst mit Zach habe ich verstanden, was eine Familie sein kann. Jetzt sind meine

Nachbarin Marge und meine Kollegen meine Familie. Oh und Zachs Cousin aus Australien."

„Ich habe von ihm gehört. Moxie sagt, dass er Zach wie aus dem Gesicht geschnitten ist. Das muss schwierig gewesen sein."

„Das muss ich zugeben, ja. Aber merkwürdigerweise hat er mir geholfen." Sie legte ihr Kinn auf seine Brust und lächelte zu ihm hinauf. „Und du?"

„Einzelkind. Meine Eltern sind vor einigen Jahren gestorben. Wie bei dir, besteht meine Familie aus den Leuten, die mich umgeben. Moxie, Peyton, Charlie."

Emmy biss sich auf die Lippe. „Kevin?"

„Und Kevin und Issa. Und jetzt du, Emmy. Ich kann mir mein Leben ohne dich nicht mehr vorstellen."

„Ich auch nicht ohne dich."

Orin strich ihr die Haare hinter die Ohren und schaute sie so liebevoll an, dass Emmy alles um sich herum vergaß. Sanft schob er sie auf den Rücken und sie begannen sich zu lieben. Emmy genoss jeden Augenblick, jede Berührung, als er in sie eindrang und sie sich gemeinsam bewegten. Orin vernachlässigte keinen einzelnen Teil ihres Körpers, als er sie küsste, streichelte und schmeckte, an ihren Nippeln saugte, bis sie hart waren, und über ihren Bauch strich, bis er unter seinen Berührungen zitterte.

Es war fast drei Uhr, als sie endlich einschliefen, doch Emmys Träume waren furchtbar und als sie nach Luft ringend und schluchzend aufwachte, nahm Orin sie in die Arme. „Was ist los, Liebes? Was ist passiert?"

Emmy versuchte, zu Atem zu kommen, dann ließ sie sich an ihn sacken. „Ich weiß nicht, warum... aber ich möchte nicht, dass du die Rede hältst. Halte nicht die Rede..."

22

KAPITEL ZWEIUNDZWANZIG

„Tut mir leid, Baby, aber ich kann die Rede nicht absagen. Es ist alles geplant. Die Leute sind angereist –

„Schon okay, Orin, wirklich. Ich war – ich hatte einen Albtraum und war unvernünftig. Tut mir leid." Emmy war nun wieder zu Hause und Orin hatte bereits zweimal angerufen. „Es tut mir leid, dass du das wegen mir durchmachen musstest."

„Was? Du hattest nur einen Albtraum. Ich bin sicher, die werden wir beide von Zeit zu Zeit haben in unserem gemeinsamen Leben."

Sie lächelte das Telefon an. „Unser gemeinsames Leben."

„Darauf kannst du deinen süßen Arsch verwetten."

Sie kicherte. „Ist das eine dem Oval Office angemessene Sprache?"

„Ich habe es vor den Senat gebracht und sie haben entschieden, dass du tatsächlich einen süßen Arsch hast."

„Du bist ein *furchtbarer* Präsident."

Orin lachte. „Ich weiß, ich weiß. Hör zu. Die Rede ist in drei Tagen und hinter verschlossenen Türen. Das geschieht sonst fast nie. Kevin hat diesmal wirklich den Vogel abgeschossen."

Emmy biss sich auf die Lippe. „Gut. Ich bin froh."

„Alles in Ordnung?"

Orin musste das Zögern in ihrer Stimme gehört haben. „Natürlich."

„Wegen des Staatsbanketts heute Abend... ich möchte, dass du weißt, dass ich alles dafür geben würde, dich dort neben mir zu haben."

„Wir müssen realistisch, Liebling... oh, Orin, jemand klopft an meine Tür. Ich muss hin."

„Also morgen?"

„Morgen."

EMMY ÖFFNETE ihre Haustür und ihr Herz blieb beinahe stehen. Kevin McKee lächelte sie an – ein Lächeln, das seine Augen nicht erreichte – und lachte. „Du siehst aus als hättest du einen Geist gesehen, Emmy. Darf ich hereinkommen?"

Wie betäubt trat sie beiseite und ließ ihn hinein, wobei sie sich umschaute nach möglichen Waffen, die sie benutzen konnte, falls er sie angriff. Ihre Dienstpistole war im Schlafzimmer. Sie war schnell, aber Kevin war groß.

Er lächelte sie an. „Tut mir leid zu stören, aber ich wollte mit dir über etwas sprechen.

Sie nickte steif. „Möchtest du etwas trinken?"

„Kaffee wäre super, danke." Er schaute sich um. „Wohnt dein Freund hier auch?"

Geht dich nichts an. „Nein. Ich fürchte, ich habe nur Instant Kaffe."

„Ich liebe das Zeug."

Sie ging in die Küche, ihre Nerven waren zum Reißen gespannt, während sie am Wasserkocher herumfummelte. Als sie sich zum Küchenschrank drehte, schrie sie erschreckt auf. Kevin stand direkt hinter ihr.

„Sorry, sorry, ich hätte etwas sagen sollen."

Seine Hand lag auf ihrem Gesicht und Emmy ging einen Schritt zurück. Kevin lächelte. „Entschuldigung noch einmal, ich wollte dich nicht erschrecken, wunderbare Emmy."

OK, das war einfach nur noch *schräg*. „Also", sagte er und setzte sich auf die Arbeitsplatte, seine Körpersprache war entspannt und freundlich. „Ich habe gehört, dass du in Princeton warst und Fragen gestellt hast. Kann ich irgendwie behilflich sein?"

Vorsichtig jetzt. „Ja, war ich. Dein Name ist natürlich aufgekommen, schließlich bist du dort sehr bekannt, aber ich war dort, um nach Max Neal zu fragen."

Kevin nickte langsam. „Max war nach mir dort, aber wir haben uns ein paar Mal gesehen. Ich fand ihn – nicht gerade beeindruckend."

„Auf welche Weise?"

„Er hatte das Feuer eines Militanten – aber keine Überzeugung. Emmy, darf ich ehrlich sein?"

„Bitte." Sie reichte ihm eine Tasse Kaffee und er bedankte sich.

„Meiner Meinung nach verschwendet der Geheimdienst mit der Suche nach Max Neal seine Zeit. Meines Wissens nach hat er weder die Organisation, Geld oder Beziehungen, um eine Attacke auf den Präsidenten durchzuführen."

Anstatt ihm direkt darauf zu antworten, beschloss sie, in eine andere Richtung zu gehen. „Ich bin eher an seiner Militär-Karriere interessiert. Ich weiß, dass er gedient hat." Sie begegnete Kevins Blick. „Ich frage mich, ob ihm dort etwas passiert ist, was ihn so wütend gemacht hat. So wütend, dass er eine Sporthalle voller Kinder in die Luft jagen konnte."

Kevin hielt ihrem Blick stand. „Er war immer so wütend, Emmy. Manche Menschen tun einfach... böse Dinge."

Emmy nahm einen Schluck Kaffee. „Hast du jemals etwas Böses getan, Kevin?"

Es entstand eine Stille, dann lächelte er. „Flirtest du etwa mit mir, Agentin Sati?"

Bäh. Doch sie lächelte. „Nein, ich mache nur Witze. Kevin, wieso bist du gekommen?"

Sein Lächeln verschwand. „Emmy, ich bin hier, um dich zu warnen."

Ihr Adrenalinspiegel schoss in die Höhe, als Kevin von der

Arbeitsfläche sprang. „Als ein Freund... deine spätabendlichen Besuche im Lincoln-Schlafzimmer..."

Oh Scheiße. Emmy behielt einen neutralen Gesichtsausdruck. „Entschuldigung?"

Kevin lächelte. „Ich meine nur... die Leute wissen es – und zwar Leute, die keine Freunde des Präsidenten sind. Ich wollte nur, dass du vorbereitet bist, falls etwas geschieht."

„Das ist also eine freundliche Warnung?" Sie wusste genau, was es war. *Halte dich aus meinen Angelegenheiten heraus oder ich werde verbreiten, dass du den Präsidenten vögelst.* Er hatte sie in die Ecke gedrängt. *Arschloch.*

Kevin berührte wieder ihr Gesicht und sie versuchte, nicht zusammenzuzucken. „Gott, du bist so schön. Ich verstehe, wieso er sich in dich verliebt hat, Emmy. Ich will ja nur, dass ihr beide glücklich seid." Er schaute auf die Uhr. „Verdammt, ich muss zurück zum Staatsbankett. Musst du dort arbeiten?"

Er ließ es klingen als wäre sie eine Prostituierte. „Nein, ich habe heute Abend frei. Ich werde bei der Rede am Freitag dabei sein."

„Gut, dann sehen wir uns. Danke für den Kaffee." Und weg war er. Emmy schloss die Tür hinter ihm und schloss ab. *Widerling.* Sie hatte keine Ahnung, wieso er wusste, dass sie über seine Militärgeschichte nachforschte, aber sie hatte ja eh nichts herausgefunden. Alle Türen, die sie im vergangenen Monat versucht hatte, waren ihr vor der Nase zugeschlagen worden. Was zum Teufel versteckte Kevin McKee?

Nach McKees Besuch fühlte sie sich in ihrer eigenen Wohnung unwohl, also steckte sie ihre Dienstpistole in den Hosenbund und ging zu Marge, um den Abend mit ihr zu verbringen. Um Mitternacht ging sie nach Hause, stellte sicher, dass alle Türen und Fenster verschlossen waren und legte ihre Pistole unter das Kopfkissen. Ihre Anspannung ließ erst nach, als ihr Handy vibrierte.

Vermisse dich an meiner Seite. Ich liebe dich. O.

23

KAPITEL DREIUNDZWANZIG

Der Ballsaal im Kennedy Center war rappelvoll bei der Rede des Präsidenten am Freitagabend. Emmy, Duke und ein Dutzend anderer Agenten liefen herum und überprüften alle Sicherheitsvorkehrungen, die seit Wochen vor Ort waren.

Backstage warteten Lucas und einige andere Agenten auf den Präsidenten und als er ankam, grüßte Orin sie. „Hey, Leute. Wie geht's, Lucas?"

Als sie durch die Gänge liefen, erblickte Orin Emmy am Ende des Korridors. Sie trug ein langes, weißes, körperbetontes Kleid, das lange Haar fiel ihr über die Schultern und Orins Herz blieb beinahe stehen. *Die Frau meiner Träume.* Er wollte es herumschreien und sie vor den Gästen, der Presse, der Welt in die Arme nehmen. Scheiß darauf, was sie dachten.

Sie drehte sich, ihre Blicke trafen sich und sie lächelte. Orin berührte kaum merklich sein Herz, bevor er zur Bühne begleitet wurde.

EMMY NAHM ihren Posten neben der Bühne ein, ihre Augen fuhren über die Menge, als Orin zu sprechen begann. Sie hatte wieder das

Gefühl, dass heute Abend etwas passieren würde, und sie hatte letzte Nacht deshalb nicht schlafen können. Sie war jedes Detail des Sicherheitsplans durchgegangen und hatte sogar Orte überprüft, die das Team wieder und wieder gecheckt hatte.

Orins Stimme war warm und freundlich und sie wollte dem zuhören, was er sagte, doch etwas nagte an ihr. Sie behielt Kevin McKee im Auge und beobachtete dabei die Menge der geladenen Gäste. Ihre Augen fuhren über jede einzelne Person – und blieben an einem Mann hängen. Er war recht unscheinbar – weiß, mittleren Alters und bärtig – und saß neben jemandem, den Emmy vage aus irgendeiner Zeitschrift wiedererkannte. Er hatte ihre Aufmerksamkeit auf sich gezogen durch die Art, in der er McKee und dann den Präsidenten angeschaut hatte.

Wartete er auf ein Signal?

Der Rest der Rede ging ohne Zwischenfall über die Bühne und erst als die Zuhörer aufstanden und applaudierten, sah Emmy ihn in seine Tasche greifen. Plötzlich sah sie alles wie in Zeitlupe und dann erschien etwas in seiner Hand.

Nein. Auf keinen Fall.

Emmy warf sich auf Orin, als plötzlich ihre ganze Welt vor Schmerz explodierte.

TUMULT. Orin wurde von Lucas und Duke von der Bühne gezogen, noch als der Schuss nachhallte, doch alles, was er sehen konnte, war seine Liebe, seine Emmy, verletzt auf dem Boden, die Augen geschlossen und ihr weißes Kleid voller Blut. Er kämpfte gegen seine Sicherheitsleute, um zu ihr zu gelangen, doch sie zerrten ihn weg – eine ziemlich beeindruckende Leistung – während er Emmys Namen schrie.

Als Lucas ihn ins Auto schob und wegfuhr, richtete Orin seine wilden Augen auf den Sicherheitschef. „Sag mir, dass sie in Ordnung ist, sag mir, sie ist in Ordnung!"

Lucas war bleich wie ein Gespenst. „Mr. Präsident, wir müssen Sie zurück ins Weiße Haus bekommen."

Orin explodierte, seine Angst um seine Liebe überwältigte ihn. „Dreh verdammt noch mal um! Jetzt!"
„Nein, Sir. Das können wir nicht tun."
„*Das ist ein Befehl Ihres obersten Vorgesetzten!*"
„Nein, Sir. Wir fahren zurück ins Weiße Haus." Lucas' Stimme war fest und er fixierte Orin mit einem Blick, der sagte: „Ich weiß. Ich weiß, dass Sie leiden, aber ich kann es nicht ändern."
Orin sackte mit einem Stöhnen in seinem Sitz zusammen. „Holen Sie wenigstens jemanden ans Telefon. Ich will sofort wissen, wie es ihr geht."
Lucas nickte steif, offensichtlich darüber erleichtert, dass Orin ihm gehorchte. Er rief Duke an. „Was ist los?"

DIE NOTÄRZTE WAREN FAST SOFORT DORT. Duke schickte sie zu Emmys Körper auf dem Boden, seine Gedanken wirbelten. Was zum Teufel war gerade passiert? Das Gelände war gesichert, der Angreifer hatte sich ergeben und war festgenommen worden und nun ging Duke mit zugeschnürtem Hals zu seiner getroffenen Freundin.

Sie war blasser als er sie je gesehen hatte und lag in einer Pfütze aus Blut. Die Kugel war in ihren Bauch eingedrungen und ihr weißes Kleid war tiefrot. Die Notärzte versuchten, eine Antwort von ihr zu bekommen.

„Emmy? Emmy, wenn Sie mich hören, drücken sie meine Hand." Der Notarzt wartete und schüttelte dann den Kopf. „Nichts. Keine Reaktion."

„Keine Austrittswunde. Wir müssen sie *sofort* ins Krankenhaus bringen."

Duke fand endlich seine Stimme wieder, als sein Handy klingelte. Lucas. „Sie bringen sie gerade ins Krankenhaus. Sie hat eine Kugel in den Bauch bekommen, Lucas... überall ist so viel Blut und sie reagiert nicht."

Er hörte kaum Lucas' Antwort, während er zum Krankenwagen lief. „Ich rufe dich zurück, wenn wir dort sind."

„Ich will sofort ins Krankenhaus", sagte Orin seinem Personal, als der Geheimdienst sich im Oval Office sammelte. „Keine Diskussion."

Er schaute zu Moxie, die den Kopf warnend schüttelte, doch Orin war zu aufgebracht, als dass es ihn interessiert hätte.

„Der Rest von euch sollte es wissen. Agentin Sati und ich sind in einer ernsten Beziehung. Ich liebe sie. Und jetzt zu wissen, dass sie..." Seine Stimme brach und Peyton kam, um einen Arm um ihn zu legen.

„Lass uns hinsetzen. Wenn sie Emmy ins Krankenhaus bringen, wird sie eine Weile im OP sein. Orin, setz dich hin und atme durch. Wir machen einen Plan, was wir jetzt tun werden."

E MMY ÖFFNETE die Augen und nahm einen langen, schmerzhaften Atemzug. Alles, was sie sehen konnte, waren Deckenplatten und kurze Blicke auf Menschen, die zu ihr herabschauten. Es war verwirrend. „Orin?"

Dukes erschöpftes und bleiches Gesicht kam in ihr Sichtfeld. „Kleine, du bist wach. Gott sei Dank."

„Geht es Orin gut?"

Duke nickte. „Dem Präsidenten geht es gut, Em. Du hast ihm das Leben gerettet."

Emmy entspannte sich, doch als sich ihr Adrenalinspiegel senkte, wurde der Schmerz schlimmer. „Scheiße, was ist passiert, Duke? Verdammt, das tut weh."

Duke lächelte trotz allem. „Du hast eine Kugel abbekommen, Blödi." Sein Lächeln verschwand und er hielt ihre Hand fest. „Es ist schlimm, Emmy. Du wirst sofort in den OP gebracht werden. Versprich es mir... du kämpfst, okay?"

Sie nickte.

„Sprich es aus, Em." Dukes Stimme brach und sie versuchte ihn anzulächeln.

„Ich verspreche es. Geht es ihm wirklich gut?"

Eine Träne fiel auf Dukes Wange. „Wirklich, Kleine. Und wenn es hilft, wir mussten ihn von dir wegzerren."

Emmy lächelte und dann kam ein anderes Gesicht in ihr Blickfeld. „Wir werden Sie jetzt in den OP bringen, Emerson, und diese Kugel herausholen.

Wenige Minuten später lag Emmy auf dem Operationstisch und wurde betäubt. Sie fragte sich, ob sie jemals aufwachen würde, doch war glücklich, dass falls sie starb, der Mann, den sie liebte, am Leben war.

Ich liebe dich, Orin Bennett... dann verlor sie das Bewusstsein.

24

KAPITEL VIERUNDZWANZIG

Orin Bennett stand am Rednerpult im Presseraum des Weißen Hauses und wartete darauf, dass die Pressevertreter sich setzten. Eine Woche war vergangen seit der Schießerei, eine Woche, seit seine Emmy eine Kugel für ihn abgefangen hatte.

Drei Tage, seit die Presse von der Beziehung zwischen ihm und Emmy erfahren hatte – Kevin McKees Abschiedsgeschenk, bevor er wegen Verschwörung und versuchten Mordes des Präsidenten festgenommen wurde.

Zwei Tage seit Emmys Spur zu Max Neals und Kevin McKees gemeinsamer Geschichte und Freundschaft geführt hatte.

Ein Tag seit Emmy endlich aus dem Koma aufgewacht war. Die Ärzte hatten sie operiert und die Kugel entfernt, doch sie hatte so viel Blut verloren, dass ihr Leben am seidenen Faden hing.

Seit Lucas Harper Orin endlich erlaubte zum Krankenhaus zu fahren, hatte er ihre Seite nicht mehr verlassen. Er bat sein ganzes Team, den Krankenhausbetrieb nicht zu stören, doch er wich nicht von Emmys Seite. Die Presse hatte natürlich Wind davon bekommen und die Medien waren voller Spekulationen, bis Kevin alles in den letzten Augenblicken seines Jobs bestätigte.

Nun stand Orin vor der Presse, um das wichtigste Statement seines politischen Lebens zu machen. „Danke, dass Sie gekommen sind, Ladies und Gentlemen. Ich werde ein kurzes Statement machen und dann alle Fragen beantworten."

Er räusperte sich und richtete sich auf, die Hände auf dem Rednerpult. „Vor einer Woche wurde mein Leben vor der Kugel eines Mörders gerettet. Dank einer herausragenden Agentin des US-Geheimdienstes. Ihr Name ist Emerson Sati. Emmy. Emmy ist nicht nur eine Nationalheldin, sie ist die Frau, die ich liebe. Vor einigen Tagen wurde der ehemalige Kommunikationsdirektor, Kevin McKee, festgenommen dank Emmys Untersuchungen bezüglich der Morddrohungen, die mir gemacht worden waren. Zuvor spielte er der Presse Details über meine Beziehung mit Emerson Sati zu."

Mit hartem Gesichtsausdruck schaute er jedes einzelne Mitglied des Presse-Corps an. „Und einige von Ihnen haben versucht, Agentin Satis Charakter zu beschmutzen, basierend auf Gerüchten. Sie wissen, wer Sie sind. Schämen Sie sich. *Schämen* Sie sich. Diese junge Frau ist eine Heldin. Sie haben sie als eine unprofessionelle Prostituierte, die an mein Geld wollte, dargestellt. Schämen Sie sich. Hier also die wahre Geschichte, damit das ein für alle Mal klar ist, auch wenn es Sie eigentlich nichts angeht."

Orin sah Moxies besorgten Gesichtsausdruck aus dem Augenwinkel, doch es war ihm egal.

„Ich habe mich in dem Moment in Emmy Sati verliebt, als ich sie zum ersten Mal sah. Im Laufe mehrerer Wochen hatten wir die Gelegenheit dazu, uns zu unterhalten, und es wurde klar, dass wir uns zu einander angezogen fühlten. Vor einem Monat begannen wir eine diskrete sexuelle Beziehung. Agentin Sati zog sich aus meinem persönlichen Sicherheitsteam zurück und konzentrierte sich auf die Untersuchungen im Fall der Morddrohungen gegen mich und den Zusammenhang mit dem Bombenanschlag in der Schule in Maryland. Agentin Sati informierte zudem ihren Vorgesetzten von unserer Beziehung und bot ihre Kündigung an, welche von Lucas Harper nicht angenommen wurde – und ich wäre heute nicht am Leben, wenn er es getan hätte."

Orin hielt inne. „In den letzten Wochen wurde mir von vielen Seiten Rat angeboten, wen ich lieben sollte, wer sie sein sollte und was die amerikanische Öffentlichkeit akzeptieren wird. Lassen Sie mich Ihnen sagen... letzte Nacht habe ich Emerson Sati gebeten, meine Frau zu werden. *Ihre* First Lady. Und wenn Sie denken, dass eine amerikanische Heldin nicht passend ist, um First Lady zu sein... dann können Sie mich gerne in dreieinhalb Jahren aus dem Amt wählen. Ich bin jetzt bereit für Fragen."

Am anderen Ende der Stadt, im George-Washington-Krankenhaus, jubelten Marge und Tim über die Worte des Präsidenten über Emmy, während Emmy tief rot wurde und lächelte. Orins Worte schossen eine Ladung pures Morphin in ihren schmerzenden Körper.

Marge stupste sie an. „Na? Komm schon, lass uns nicht warten. Was hast du gesagt?"

Emmys Augen glänzten. „Ich habe natürlich ja gesagt", sagte sie leise und stöhnte, als Marge sie umarmte.

„Ups, sorry, Moo. Oh, Moo... *First Lady...*"

„Verdammt, bald wirst du zu elegant sein für uns." Tim grinste sie an und sie war glücklich, keine Wut oder Nachtragen in seinen Augen zu sehen.

„Das werde ich." Sie schnüffelte mit gehobener Nase. „Wer *sind* Sie überhaupt? Wie sind Sie hereingekommen?" Sie kicherte, als sie beide die Zunge herausstreckten – Marge und Tim waren ein Team geworden. Tim nickte weise.

„Wissen sie von dem chronischen Furzen?"

„Und dem Schnarchen. Vergiss das Schnarchen nicht."

„Und die Kleptomanie", fügte Tim hinzu und Marge lachte laut auf.

„Die abartigen Fetisch Zeitschriften."

Emmy kicherte. „Meinst du National Geographic?"

„Genau."

Emmy hörte ihren Neckereien zu, bevor sie bald wieder einschlief. Als sie aufwachte, waren Tim und Marge weg und neben ihr, seine Finger mit den ihren verschränkt, saß ihr Verlobter. Ihr Orin. Der Mann, den sie liebte.

„Hey, du."

Er schaute auf und seine Augen erstrahlte. „Hey, Schönheit. Wie geht es dir?"

„So viel besser, nachdem ich deine Pressekonferenz gesehen habe. Du hast es ihnen wirklich gegeben."

„Sie hatten es verdient." Er streichelte ihr Gesicht. „Emerson Sati, hast du eine Ahnung, wie sehr ich dich liebe?"

„In etwa so sehr wie ich dich liebe, Mr. Präsident."

Orin grinste. „Sag es noch einmal, Emmy, damit ich mein Glück fassen kann. Willst du meine Frau werden?"

Emmy lächelte ihn an. „Ja, Orin, Bennett, ich will dich heiraten."

„Ich musste einfach sichergehen." Er legte seine Stirn gegen ihre. „Ich bin der selbstsüchtigste Mann auf dem Planeten, weil du so, so viel für mich aufgibst und ich das Gefühl habe, dass ich die ganzen Vorteile genieße."

„Nee. Ich habe mir den Präsidenten der Vereinigten Staaten geschnappt. Ich habe den Jackpot gewonnen. Sie lachte, um zu zeigen, dass es nur ein Scherz war, und Orin lachte mit.

„Ernsthaft", sagte er, „es wird schwierig werden. Bist du sicher, dass du es willst?"

„Mit dir? Absolut. Lass uns etwas verändern." Sie zuckte zusammen und rutschte etwas herum, dann drückte sie auf den Medizin-Knopf, um eine Dosis Morphin zu erhalten. „Orin... erzähl mir noch einmal von Kevin McKee. Ich bin mir sicher, dass ich beim letzten Mal nicht alles erfasst habe."

„Du hattest recht. Er war mit Max Neal im Irak. Vom Militär haben wir erfahren, dass Kevin und Max in irgendeine Situation mit irakischen Jugendlichen geraten sind. Die Sache ist schiefgelaufen. Um es kurzzumachen, Neal hat alle Schuld auf sich genommen. Kevins Akte wurde verschlossen – interessant, was eine reiche Familie alles einrichten kann – und ja, er hat uns alle an der Nase herumgeführt."

„Wieso wollte er dich töten?"

Orin schüttelte den Kopf. „Wollte er nicht. Das war der Gefallen, den Max Neal einlösen wollte. Ansonsten wäre er an die Öffentlichkeit gegangen. Kevin erzählte der Agentur, dass er auch auf der Suche nach Neal war. Wenn er ihn zuerst gefunden hätte, hätte Neal die Kugel abbekommen." Orin seufzte und strich sich mit der Hand über die Stirn. „Aber er hat diese Männer geschickt, um dich und Martin Karlsson umzubringen. Er dachte, dass Max Neal Karlsson von dem Irak-Zwischenfall erzählt hatte – und Karlsson dir davon erzählt hatte."

„Gott..." Emmy war schlecht. Sie hatte den Mann in ihre Wohnung gelassen. Orin schüttelte den Kopf.

„Kevin hat zugegeben, dass er zu dir nach Hause gekommen ist, um dich umzubringen, doch er konnte nicht."

„Er hat mich nur gewarnt. Dummer Kerl. Das hat mich höchstes noch entschlossener dazu gemacht, mehr über ihn herauszufinden." Emmy seufzte. „Also hat es alles ziemlich wenig mit dem Ellis-Fall zu tun?"

„Ja. Aber du hast den Preis bezahlt, Liebling, und es tut mir so leid."

„Hey", sagte Emmy mit einem sanften Lächeln, „mir wird es wieder gut gehen, Orin. Ich würde diese Kugel wieder und wieder für dich abfangen, das weißt du."

Orin zuckte zusammen und legte vorsichtig die Hand auf ihren verwundeten Bauch. „Nie wieder. Nie." Er küsste sie. „Von nun an, Emmy, kommen nur noch gute Dinge, das schwöre ich. Ach übrigens, wir haben vielleicht ein Problem."

Emmy grinste ihn an. „Was ist es jetzt?"

25

KAPITEL FÜNFUNDZWANZIG

E*in Monat später...*

Eine riesige Menge an Presseteams wartete auf Emmy, als sie das Krankenaus verlassen durfte, und sie fühlte die Nervosität in ihren Adern. Moxie und Issa hatten sie auf die Fragen vorbereitet, die ihr gestellt werden würden, und Emmy wurde klar, dass das ab jetzt ihr Leben war. Sie schaute panisch zu Orin auf, doch er lächelte sie ruhig an und nahm ihre Hand.

„Keine Sorge, Baby", sagte er leise, „das wird einfach."

Sie war dankbar für diese Lüge, doch ihr war klar, dass das erst die erste Hürde war. Das Krankenhaus bestand darauf, dass sie es im Rollstuhl verließ, wie es die Regeln vorschrieben, und Orin sagte ihnen klipp und klar, dass er ihn schieben würde.

Zu seiner und Emmys großen Überraschung hatte Moxie die Idee unterstützt. „Gut, das ist gut. Wenn wir das wirklich durchziehen, müssen wir zeigen, dass ihr voll dabei seid. Und die Bilder werden auch gut sein." Sie schaute Emmy entschuldigend an. „Tut mir leid, Em, aber ab jetzt wird das immer ein Thema sein."

„Ich weiß." Doch ihr Bauch grummelte trotzdem vor Nervosität.

Sie war bereits ein Nervenbündel, weil Lucas nicht mehr ihr Chef war, sondern ihr Beschützer. Sie waren beide traurig gewesen an dem Tag, als sie offiziell gekündigt hatte.

„Aber, Lucas, du kannst dich darauf verlassen, dass ich meine Position nutzen werde, um der Agentur zu helfen."

Luca hatte sie angelächelt. „Das weiß ich, Em."

"Es tut mir so leid, dich enttäuscht zu haben, Lucas."

Er starrte sie an. „Das hast du nicht, Emerson Sati. Du hast dem Präsidenten der Vereinigten Staaten das Leben gerettet. Deine Untersuchungen haben geholfen, einen Verräter vor Gericht zu bringen. Die Agentur ist nichts als dankbar für deinen Dienst."

„Abgesehen davon, dass ich mit dem Präsidenten geschlafen habe." Doch sie musste trotzdem über seine Worte lächeln. „Danke, Lucas. Für alles. Dafür, wie du mich nach Zach behandelt hast. Dafür, dass du mein Mentor warst."

NUN, als Orin ihren Rollstuhl aus dem Haupteingang des Krankenhauses schob, atmete Emmy tief ein. Orin beugte sich hinunter und küsste sie auf die Wange. „Ich liebe dich mehr als alles andere", murmelte er.

Emmy lächelte zu ihm hinauf, sagte ihm, dass sie ihn liebte, und machte sich bereit für ihre Zukunft...

ENDE

Lightning Source UK Ltd.
Milton Keynes UK
UKHW020152141222
413888UK00005BA/205